JN054903

美味しいご飯作りも
襲撃事件の犯人捜索も
全力で頑張ります！
《真紅の山猫》の見習い
カミール
異世界転移した男子高校生
釘宮悠利
最強の鑑定士って誰のこと？
Who is the strongest appraiser?
～満腹ごはんで異世界生活～
18

事件解決のご褒美は
超豪華料理の
食べ放題！

《真紅の山猫》の見習い
ヤック
《真紅の山猫》の訓練生
レレイ
《真紅の山猫》の見習い
ウルグス
《真紅の山猫》の訓練生
ヘルミーネ

ダンジョンマスターも太鼓判！

ゴロゴロ素揚げ野菜入り
カツカレー

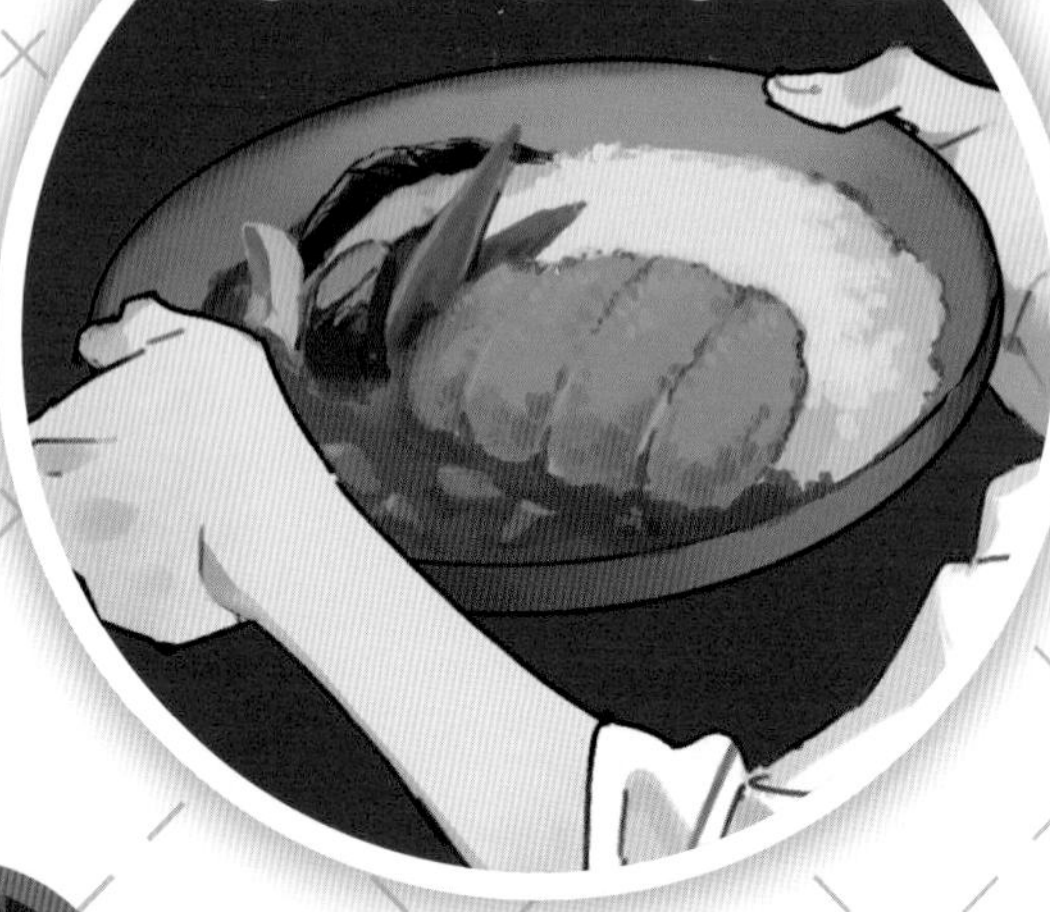

悠利の美味しく食べるための3つのポイント

ポイント 1

カレーのルウは、具が入っているものでもルウのみでもOK。
市販のレトルトを使っても大丈夫だよ。
ただし、辛さは食べる人の好みに合わせてね！

ポイント 2

素揚げ野菜は、自分の好みの野菜を使おう。
僕は旬の野菜を入れるのが好きだけど、
定番のカボチャや茄子、ジャガイモを載せても美味しいよ！

ポイント 3

今回は、トンカツを使ったけど同じ肉系なら
ハンバーグや鶏の唐揚げを載せたがっつり系もいいかも。
鉄板のチーズやゆで卵もオススメ！

最強の鑑定士って誰のこと？
～満腹ごはんで異世界生活～

Who is the strongest appraiser?

港瀬つかさ ill.シソ

口絵・本文イラスト
シソ

装丁
木村デザイン・ラボ

お品書き

プロローグ　色々美味しいクッキー試食会

釘宮悠利(くぎみやゆうり)は異世界転移した男子高校生である。下校途中に突然異世界のダンジョンに転移してしまった彼は、初心者冒険者をトレジャーハンターに育成するクラン《真紅の山猫(スカーレット・リンクス)》に身を寄せている。迷子状態だった彼を拾ってくれたのが、そのクランのリーダーであるアリーだった。

悠利は転移特典と思しき、この世界で最強の鑑定技能(スキル)である【神の瞳(ひとみ)】を手に入れてしまった。レア中のレアとでも言うべき凄(すさ)まじい技能なのだが、当の本人はぽややんとしている。彼は趣味を堪能出来るクランの家事担当という立場を気に入っており、凄(すご)い技能を手に入れても何も気にしていないのだ。

幸いなことに保護者よろしく面倒を見てくれているアリーがその辺りの事情をしっかりと理解してくれているので、危ないことや厄介ごとに巻き込まれないようにと隠蔽(いんぺい)してくれている。更には、何故か手に入れていた運∞という能力値のおかげもあってか、彼は実に平和な生活を満喫しているのだった。

さて、そんな風に平和に過ごしている悠利であるが、今は更に平和な時間だった。そう、おやつタイムである。

このクランに所属するのは悠利を含めて二十一人。大所帯であるが、冒険者という特性上、全員が常に揃(そろ)うわけではない。今日のおやつタイムも、いるのは悠利と見習い組と訓練生の一部だ。

「いい？　些細(ささい)なことでも良いから、全員ちゃんと感想を用意するのよ」

真剣な顔で言うのは、訓練生の一人であるヘルミーネ。羽根人という背中に真っ白な翼を持つ（出し入れ自由。感情の高ぶりで出たりする）種族で、柔らかな金髪をお下げに結わえた美少女だ。その彼女が珍しく一生懸命皆に説明とお願いをしているのには、理由があった。

本日のおやつは、ヘルミーネの友人であるパティシエのルシアからもらった大量のクッキーの試作品なのだ。

パティシエのルシアは、大食堂である《食の楽園》で大人気のスイーツを作るお姉さんである。スイーツ大好きなヘルミーネとは食堂のスイーツが大人気になる前から仲良しで、彼女のスイーツの試作品を味見して感想を伝えたりしていた仲だ。

そして今回、ルシアが用意したクッキーの試作品を持って、ヘルミーネはアジトに帰還した。ルシアの「出来るだけ沢山の人の感想が聞きたい」という望みを叶(かな)えるために。

丁度おやつの時間でもあるし《真紅の山猫》の仲間達は、一部を除いてスイーツも喜んで食べるのは解っている。少しでも多くの感想を得るために、仲間達の意見をもらおうと考えたのだ。

なお、悠利達にしても、プロが作った美味しいクッキーが大量に食べられるなら嬉(うれ)しいし、好きなだけ食べられて、食べた後は素直な感想を伝えれば良いだけだ。とても簡単なお仕事である。むしろ普通にクッキーを買ったことを考えたらお釣りが来るぐらいだ。

何しろ、本当に大量に頂いたので、クッキーは複数のお皿に盛り付けられている。種類毎に分ける意味もあるのだが、それを差し引いても同じ種類でお皿が複数出来るぐらいだ。もはや試食用の量を超えている気がするが、食べ盛りが沢山いるのでもらった方は大喜びである。

「ヘルミーネさん、質問！」

「はい、カミール。何？」

「好きなだけ食って良いんですか！」

「山盛りもらってきたから、思う存分食べて良いわよ！」

「よっしゃー！」

勢いよく挙手して質問したカミールは、ヘルミーネの返答にガッツポーズを取った。その周囲で他の見習い組も同じポーズを取っている。おやつが沢山あって、気にせずいっぱい食べて良いのは、育ち盛りの彼らにとって大喜び案件である。

そんな皆を眺めつつ、「ご飯食べられる程度にしといてねー」と声をかけるのが、悠利である。もはや発言が完全にお母さんであるが、誰一人気にしない。だっていつものことだから。そう、悠利の扱いはもはやアジトのオカンである。

皆に声をかけたものの、悠利も嬉しそうにクッキーに手を伸ばしている。ルシアのクッキーが美味しいのはよく知っている。試作品とはいえ、こうして悠利達に試食を頼む段階のものは普通に美味しいのである。

もぐもぐとクッキーを食べながら、悠利はふと気になってヘルミーネに声をかけた。

「ねぇ、ヘルミーネ、僕、どんな感じの感想出せば良いの？」
「普通に食べた感想だけで良いって言ってたわよ」
「あ、そうなんだ」
「詳しい感想は直接相談するときに顔を見ながら聞きたいって」
「なるほどー」

　ヘルミーネの言葉で肩の荷が下りた悠利は、うきうきでクッキーに手を伸ばした。真面目に考えた感想を口にするときは、食べながら色々と考えなければいけないので大変なのだ。

　ちなみにこの真面目な感想というのは、単に味の好みだけでなく、客層や調理の手間なども考慮した上での気になる点というやつだ。お菓子作りはそこまで得意ではないにせよ、悠利は料理をする人間としての視点を持っている。それゆえの意見である。

　ルシアはプロのパティシエさんであるが、そのパティシエという職業（ジョブ）は、悠利がチートな【神の瞳】さんを使ってルシアを鑑定した結果見つけたものだ。その後、認識が共有されて他にも職業持ちが現れたらしいが、数が少ないらしくなかなか同業者には出会えない。製菓の技能を持ち、菓子作りを熱心に行っていると発現するらしいのだが、ルシアがお店をやっているようなプロにお目にかかることはあまりないらしい。一般的にお店をやっている料理系の人は料理人である。

　よって、ルシアとしては気心知れている悠利に色々と意見を聞きたいのだ。「別に僕プロじゃないですよ？」という前置きをした上で、悠利もそれに応えている。知り合いの役に立てるのは単純に嬉しいので。

しかし、今日はそんな小難しいことを考えずに美味しいクッキーを堪能出来ると解って、悠利もご機嫌だった。頭を空っぽにして、ただただ味の感想を言えば良いだけの試食会は最高に楽しい場である。

それは悠利だけではないらしい。クッキー食べ放題を許可されたカミールを始めとした見習い組の四人と訓練生のヘルミーネ、イレイシアとレレイは、ひゃっほいと盛り上がっていた。訓練生の三人娘は何だかんだで仲が良く、時々一緒にお出掛けしてはお買い物や食事を和気藹々と楽しんでいるらしい。

ちなみにこの三人娘、食事事情は全然違う。スイーツならいくらでも入るわよ！　な胃袋をしているヘルミーネ、ご飯もお肉もお魚もお野菜もお菓子も何でもどんとこーい！　な胃袋をしているレレイ、お魚も大好きだけどスイーツも好き！　な小さめな胃袋をしているイレイシアという感じである。胃袋の容量が違うので、小食の二人が食べられないときは全部レレイに食べてもらうというスタイルが定着しているらしい。

「ルシアさんのクッキーは美味しいよねー！　いっくらでも食べられちゃうー！」

「レレイは！　ちょっとは！　遠慮して‼」

「えぇ⁉　何でぇええええ⁉」

「何でじゃないの！」

食べ放題だと思っていたのにヘルミーネからツッコミを受けたレレイは、とても悲しそうな顔をしていた。彼女に猫耳と猫尻尾が存在していたら、耳は後ろにぺたんと倒れ、尻尾はだらんと力なく下がっていただろう。へにゃりと下がった眉が感情を物語っている。

猫獣人の父親と人間の母親の間に生まれたレレイは、外見こそ人間の母親の要素を受け継いでいるのだが、能力は父親似だった。獣人には及ばないものの人間よりは遥かに怪力で、身体能力が高く、代謝が良いのか大変よく食べる。健啖家というか、もはや大食いである。肉食大食い娘をよろしくお願いします。

そんなレレイに、好き嫌いはない。ないったらない。何でも美味しく食べる彼女は、嫌いなものイコール美味しくないものである。美味しかったら何でも食べる。なので、レレイの中の美味しいの幅は割と広い。必然的に、何でもよく食べる。

そう、よく、食べる。

レレイのよく食べるは、比喩でも何でもなく、本当に、滅茶苦茶食べるのだ。軽く悠利の三倍は食べるだろう。それも、無理をしてではない。心底美味しいと思って、食べるのだ。

料理人冥利に尽きるとはこのことかもしれないが、今日のように皆で山分けして食べるときには、一緒に食べる人のことを考えてちょっとセーブしてもらわないと困るのだ。しかも本人には悪気も自覚もない。なんてこったい。

「まぁまぁ、レレイはこっちのお皿のを食べるってことにしたら？　皆とお皿を分けていたら大丈夫でしょ？」

「まぁ、それなら、大丈夫、かしら……」

「全然信用されてなかった！」

「信用出来るわけがないでしょ⁉」

「ヘルミーネ、ヒドい！」

「ヒドくない！　普通！」

ぎゃーぎゃーと盛り上がる女子達を、悠利は「あんまり喧嘩しちゃダメだよー」と暢気に声をかけて放置した。だっていつものことなのだ。彼女達が賑やかなのも、これだけぎゃーすか騒いでも何一つ後を引かないのも、まぁ、いつものことである。

ばくばくクッキーを食べて、頬がリスの頬袋みたいになっているレレイと、「ちゃんと味わって食べなさいよ！」とツッコミを入れながら、ぱくぱくクッキーを食べているヘルミーネ。賑やかないつもの光景だった。

元気な彼女達を困ったような顔で見つめつつ、イレイシアもクッキーを食べている。小食の彼女は、机の上に並ぶクッキーの種類を確認して、味を予想してから食べるかどうかを決めているらしい。自分の胃袋と上手に相談している。

人魚のイレイシアは基本的に魚介類以外にはあまり反応しないのだが、スイーツとなると話は別だった。やはり女子はスイーツに目がないらしい。胃袋が小さいので食べる量は少ないが、見習い組と美味しそうにのほほんと食べている。

「あ、イレイスさん、これ美味しかったですよ。刻んだ干しぶどうが入ってました」

「まぁ、ありがとう、カミール。いただきますね」

「気になるのあったら言ってくださいね。俺らが先に食べてざっくり味を伝えますから」

小食のイレイシアを気遣うカミールの言葉に、ウルグスとヤックも頷いた。マグはあんまり興味がなさそうだが、それは今更なので仕方ない。彼は基本的に他人に興味を持たないのだ。

「んー、ルシアさんが作ると、クッキー一つとってもめっちゃ美味しい」

口の中で簡単にほどけるようなサクッとほろほろ食感に、カミールは笑みを浮かべる。今、食べているのは刻んだオレンジピールが入ったものらしく、クッキーの甘味にオレンジの甘味とほんのりした苦みが加わってちょっと大人な味である。

ちなみに、ちょっと良い感じのカップに入った紅茶を片手にクッキーを食べるカミールの姿は、何だかとても絵になった。商人の息子のカミールであるが、その容姿は黙っていれば良家の子息に間違えられそうな程度には整っていた。当人もそれを自覚しているので、ちょこちょこ仕事でもプライベートでも上手に使っているらしい。実に強かだ。

「このイチゴのクッキー、模様みたいになってて綺麗だよね。美味しいのは勿論だけど」

「それは多分、生地にイチゴソースとかを練り込んであるんじゃないかな。完全に混ぜるんじゃなくて、それぞれの色が出るようにしてるんだと思うよ」

「こういうの、女の人好きそう」

「可愛いよねー」

「ユーリも好きだよね」

「うん」

ヤックに手渡されたイチゴ風味のクッキーを食べながら悠利は頷いた。シンプルなバタークッキーの風味と、イチゴの風味が混ざっている。色味がマーブル模様みたいになっていて、見ているだけでも幸せな気持ちになるのだ。

ルシアの作るクッキーはサクサク食感なのだが、硬いわけではない。口の中でほろっとほどけていくのがまた、何とも言えずに美味しいのだ。余韻があるというか。

農村育ちのヤックはおやつと言えば果物だったらしいが、クッキーも美味しそうに食べている。お腹に溜(た)まるほど食べるにはそこそこの量が必要だが、美味しいので問題ないらしい。基本的に主食系は、しっかりした味付けを好むけれど、おやつなので上品な甘さのクッキーも気に入っているようだ。

その隣で、黙々と小振りなクッキーを食べているのはマグだ。一口サイズでジャムや果物などが入っていないクッキーを、ぱくぱくと食べていた。

「マグ、それバタークッキー？」

「美味」

「シンプルなやつだよね？　それが気に入ったの？」

「……大きさ」

「え？」

問いかけた悠利(ゆうり)に返されたのは、よく解らない単語だった。安定のマグ。一応当人なりに説明はしたつもりなのだろう。掌の上に小さなバタークッキーを載せて、大きさを示している。

しかし、申し訳ないが悠利には意味が解らない。まったく解らない。解らなかったので、悠利は助っ人の肩を叩いた。

「ウルグス、ごめん、通訳して……」

「……今度は何だよ」

面倒くさそうな顔をするウルグスに、悠利は事の経緯を説明した。見習い組の中で最年長のウルグスは、《真紅の山猫》で唯一マグの言葉を正確に理解出来る存在だった。何かレアな技能でも持っているのかと疑ったこともあるが、そんなものはなかった。何故理解出来るのかは未だに謎である。

説明を受けたウルグスはマグに向き直って質問を口にした。

「気に入った理由は？」

「大きさ」

「あぁ、それが一番食べやすかったのか」

「諾」

「確かに、お前の一口に丁度良い感じだもんな。口小さいし」

ふむふむと納得しているウルグス。どうやらマグは、自分の口の大きさ的に簡単に一口で食べられるという理由で、この小さなバタークッキーがお気に召したらしい。だから、口にした単語が「大きさ」だったわけだ。

……そんなんで解るわけないじゃん、と悠利達は思った。思ったけれど、口には出さなかった。言っても無駄だと解っているからだ。

そんな皆の視線を受けていたマグが、しばしの沈黙の後に動いた。動いて、そして、容赦なくウルグスの足を蹴(け)った。

「イッテー⁉」

「余計」

「お前の口が小さいのは事実だろうが！　それでそのクッキーを選んでるんだから、何も間違ってないだろ⁉」

「余計」

「だから、すぐに、蹴るな！」

「煩い」

「叫ばせてるのはお前だからな⁉」

途端に始まる騒々しいやりとり。あー、いつものやつ始まったーと言いたげな顔で、仲裁する気のないカミールとヤックはクッキーを食べている。彼らにとってはとても見慣れた光景なので。

同じように見慣れた光景ではあるものの、悠利は口を挟んだ。いつも通りに。

「マグ、簡単に手や足を出しちゃダメって言ってるでしょ！　文句があるなら口で言うの！」

「……面倒」

「今のは僕でも解るよ⁉　面倒くさいってことだよね？　そこを面倒くさがっちゃダメです」

「そうだ、そうだ！」

「煩い」

「だから蹴るなっつーの！」

「足出しちゃダメ！」

悠利相手には単語ながらも口で説明するマグであるが、ウルグスにはやっぱり足が出ていた。賑やかな三人を眺めながら、ヤックはクッキーを口に運んだ。いつものことなのでツッコミを入れる気すらない。

「また、何を騒いでいるんだ？」

「ウルグスの声が聞こえてるってことは、どうせまたマグとじゃれてんだろ？」

「あ、ラジさん、クーレさん。お帰りなさい」

「「ただいま」」

後ろから聞こえた呆（あき）れたような声に振り返ったヤックは、訓練生の二人の姿を見つけて笑顔で迎えた。虎獣人の格闘家ラジと、今は索敵担当で、将来の目標はダンジョンの地図作成を行うマッピングを主な仕事にしたいと頑張っているクーレッシュの二人だ。

この二人は同性で同年代の訓練生ということもあり、何だかんだで仲が良い。両者の磨こうと考えている能力の方向性の違いなどから訓練や依頼を共に受けることはあまりないが、日常では気楽な友人として過ごしている。

ただし、彼らには相容れない部分もあった。相容れないというか、別の性質と言うべきか。

「おっ、大量のクッキーじゃん。これ、今日のおやつ？」

「ふふん、ルシアのお手製よ！　食べても良いけれど、ちゃんと感想を教えてよね」

「りょーかい」

何故か妙に自信満々なヘルミーネであるが、クーレッシュは聞きながらクッキーへと手を伸ばしていた。キャラメルソースを練り込んだクッキーを一口で食べ、ご満悦そうである。

口の中でサクサクほろほろと崩れるクッキーは、バターの上品な甘さでまとまっており、そこに、アクセントとしてキャラメルソースの味が広がる。上品さを失わず、けれどしっかりとした味がある、実に美味しいクッキーだった。自然とクーレッシュの表情も緩む。

そのクーレッシュの背中を見る形で、ラジは固まっていた。じり、じり、とその足が下がっていく。見事に後退していた。

「ラジ、ラジ、こっち。こっちのお皿の食べて」

「……ユーリ、僕は、甘味は……」

「知ってるから。大丈夫、これ、ラジ用にルシアさんが用意してくれた、塩味とチーズ味のクッキーだから。甘さ控えめ」

「……なるほど」

クッキーの匂いだけで胸焼けがしたのだろうラジに、悠利は安心させるように説明をした。そう、ラジは甘い物が苦手なのだ。匂いだけでしんどくなる程度には、甘味が苦手なのである。そこがクーレッシュとの違いだった。

そして、そんなラジの性質を知っているからこそ、ルシアは特別なクッキーを用意してくれていた。それが、悠利が口にした塩味とチーズ味のクッキーだ。この二つは、どちらも甘い物が苦手な人でも美味しく食べられるように考えられたものである。

「甘い物が苦手な人向けに考えた試作品らしいから、ラジの感想が聞きたいんだって。僕達も食べるけど」

「食べるんだ」

「え？　そりゃ食べるよー。塩味もチーズ味も好きだもん」

甘いクッキーを食べるんじゃないんだと言いたげなラジに、悠利はあっけらかんと答える。悠利は甘い物は好きだし、皆が食べているクッキーを美味しいと思っている。しかしそれと同時に、塩クッキーもチーズクッキーも美味しいに違いないという確信があった。確信があるのだから食べたくなるのも当然だ。

悠利はひょいっと塩味のクッキーを手に取って、口に運ぶ。サクサクほろほろの食感は変わらず、バターの風味はあるものの砂糖の甘さはほぼ感じない。その代わりのように、塩がアクセントで効いている。こちらはこちらでさっぱりした味わいで実に美味しい。

皆は塩味のクッキーって何だ？　みたいな顔をしているが、悠利は別に気にしていなかった。塩が入ると元々の甘さを引き立てる効果があったりするし、甘過ぎないお菓子というのにも馴染(なじ)みがある。上手な人が作れば美味しいお菓子になるという信頼もあった。

「大丈夫、そんなに甘くないから、ラジでも食べられるよ」

「ありがとう」

少し、二の足を踏んだもののラジは素直に礼を言ってからクッキーに手を伸ばした。悠利が先に食べて味を教えてくれたし、作ってくれたルシアの行為を無下にするつもりもなかったので。

ラジが手に取ったのは、チーズ味のクッキーだった。甘いお菓子というイメージのあるクッキーに塩味というのが想像出来なかったので、それよりは想像しやすいチーズ味を選んだのである。

口の中で簡単に崩れるサクサクほろほろとした食感と、香ばしいチーズの旨味と塩気が良い感じに広がる。甘いお菓子というイメージは、ラジの中で完全に塗り替えられていた。

「クッキーとチーズって合うんだな……」

「クッキーも、割と色んな味付けで楽しめるお菓子だからねぇ」

「そうなのか」

「少なくとも僕の故郷では色々あったかなー」

甘い物は苦手だがルシアの作る甘さ控えめのお菓子は食べられるラジは、おっかなびっくり食べたチーズ味のクッキーが美味しかったようで、悠利と会話しつつ食べ続けていた。ちなみにルシアは、過去にラジがゴーサインを出した甘さ控えめのお菓子を店頭のラインナップに加えている。付き添いや付き合いでやって来た甘味が苦手な人にも美味しく食べてもらうためだ。

これに関しては、悠利やヘルミーネでは役に立てない。甘さ控えめスイーツの美味しさを理解することは出来るが、どの程度なら食べられるのかは解らないからだ。

「ところで、指導係の皆さんはいないのか？」

「ジェイクさんがお部屋でお手紙と睨（にら）めっこしてるよ」

「何だそれ……」

「お師匠様からお手紙が届いたんだって。何か真面目に返事しないとダメなやつらしくて、おやつは取り置きしておいてって言われた」

ちゃんと確保してあるよ、と悠利は愛用の学生鞄(かばん)をぽんぽんと叩いた。悠利と一緒にこの世界に転移した学生鞄は、天下無敵の魔法鞄(マジックバッグ)になっていた。ソート機能だの時間停止機能だのが付いたミラクルな魔法鞄である。しかも、入れるのは悠利の許可があれば誰でも出来るが、取り出すのは悠利にしか出来ない。

確保する場所を、あえて自分の鞄にしている悠利からラジはすすーっと視線を賑(にぎ)やかに食べている一同へと向けた。他人の分まで奪うようなつもりはなくとも、美味しくてうっかり食べ過ぎるとかをやりかねない感じだった。

「他の人の分は？」

「それもちゃんと確保してあります。何も言わないだろう人と、自分の分がなかったら凄(すご)い圧をかけそうな人がいるからねぇ……」

「……そうだな」

遠い目をした悠利に、ラジも同じような顔をした。否定出来なかったのである。

なお、二人の脳裏に浮かんだ凄い圧をかけそうな人代表は、ブルックだ。指導係の頼れるクール剣士殿は、滅多なことでは感情を出さない。頼れる素敵な大人である。しかし、甘味が絡むと話は別だった。別どころの話ではない。

無類の甘党であるブルックは、甘味に目がない。そして、ルシアのスイーツの大ファンである。

普段は自分の見た目や性格を気にして表立って買いに行ったりはしないが、手に入ったら物凄く幸せそうに食べている。ヘルミーネとは甘党同盟を組んでいたりもする。

　そんな彼の分を確保しておかないなんてミス、悠利はしない。「他の人の分をちょっと減らしても、ブルックさんの分は確保する！」というぐらいの気持ちであった。

「ブルックさんは、甘い物は何でも食べるよなー」

「あれ、どうしたのカミール」

「塩味とチーズ味が気になった」

「目ざといなぁ……」

　この場合は耳ざといが正しいのかもしれない。皆と一緒にわいわい言いながら甘いクッキーを食べていたはずなのに、悠利達の話が聞こえて興味を持ったのか、素早くこちらにやって来ているのだから。商人の息子は本当に抜け目がない。

「この塩味とかチーズ味のクッキーだったら、リーダーも好んで食べそうだな」

「アリーさん、甘い物も食べるけどそこまで自分から食べないもんね。ラジほどじゃないけど」

「僕は匂いでダメだからなぁ……」

「別に良いんじゃないですか？　その辺は好みだし」

　困ったように笑うラジに、カミールは言う。何となく良いことを言った、みたいな雰囲気になっている。そんなカミールを見ながら、口の中のクッキーを食べ終えた悠利は口を開いた。

「カミール、本音をどうぞ」

「ラジさんが食べない分、俺らの取り分が増える！」

「カミール……」

育ち盛りは何だかんだで自分の食欲に正直だった。「誰も損しない！」と胸を張っている。思わず苦笑が零れるラジと悠利だった。

「他の皆は、甘い物は普通に食べられるんだっけ？」

「そうだねぇ、特にどうのってのは聞かないかな」

「あ、でも、ヤクモさんはクリーム系はそんなに得意じゃなかったような？」

「クリーム系のお菓子より、お煎餅の方が落ち着くっぽいよ。食べないわけじゃないけど」

「お煎餅って、あのユーリとヤクモさんが定期的に買ってる米のお菓子か？」

「うん」

訓練生の一人でもあるヤクモは、遠い遠い異国からやって来ている。その故郷は和食に似た食文化のある場所らしい。そんな彼なので、行商人のハローズおじさんが仕入れてくる故郷のお菓子であるお煎餅をいたく気に入っているのである。ちなみにヤクモは肩書きこそ訓練生だが、実際には客分のようなもので、何かのときには大人枠として頼られる側である。

和食っぽい食事を好むというだけで、別に洋風の物を受け付けないわけではない。ただ、沢山食べると言うわけではないだけだ。そういう意味では、普通に甘味を楽しんでいると言えるだろう。

「女性陣は甘い物好きな人が多いよね。食べる量は違うけど」

「ヤックもこっちに来たの？」

「オイラは安全圏に避難して来ただけ。いっぱい食べたよ」

「……避難？」

何やら聞き捨てならない単語が聞こえて、悠利達は視線をヤックがいた方向、皆がわいわいとクッキーを食べている方へと向けた。ただ、想像したような物騒な何かはなかった。ただ、美味しいクッキー談義に花が咲いて、わいわいしているだけだ。

「避難っていうから、取り合いでもしてるのかと思った」

「あそこにいると、ヘルミーネさんに感想聞かれるから……。オイラ、美味しいしか言えないもん」

「なるほど」

盛り上がっているのはクッキーの感想を言い合っているからで、自分の語彙力ではそれに交ざれないので避難して来たというのがヤックの言い分だった。ルシアのために少しでも多くの感想を持ち帰ってあげたいヘルミーネと仲間達の賑やかな会話である。ただそれは、沢山感想が言える人間でないと居心地が悪い場所だ。

食レポなどにも得手不得手があるように、味の感想を伝えるのは意外と難しい。美味しいと思っているのだから美味しいと伝えれば良いのだが、今回のように美味しい以外の感想を求められる場合、語彙力がないと中々に難しいのだ。

「ご飯の好みは色々あるけど、甘い物は満遍なく食べるんだよね。特に女性陣」

「アロールはきっと甘いのよりこのチーズ味のクッキーに喜ぶ」

「カミール、からかっちゃダメだよ？」

「喜びそうなクッキーを選んだだけなのに釘刺された⁉」

大袈裟に驚いてみせるカミールに、悠利とヤックはジト目を向けた。カミールはちょこちょこ他人にちょっかいをかけるところがある。アロールはそのちょっかいに怒るタイプなので、余計な波風を立てないようにという意味でもあった。

「アロールもだが、フラウさんも喜ぶんじゃないか？　あの人は甘い物も好きだけど、チーズも好きだろう？」

「あ、そうだね。それじゃ、フラウさんとアロールの分もちょっと残しておこうか」

「何でラジさんの意見は素直に聞くんだよ！」

「カミールと違って純粋な好意だからじゃん……」

「ヤックひでー」

「オイラ別にヒドくないです」

賑やかに言い合うカミールとヤックを横目に、悠利はチーズ味のクッキーを学生鞄の中に確保した。元々チーズ味と塩味はラジのために用意されていたので、分量が少ないのだ。そこから二人の分を確保するには、他の面々に取られないようにする必要がある。

指導係の一人である弓使いのフラウは、凜々しいという言葉が相応しい姐さんである。頼りがいがありとても恰好良くて、悠利達もいつも大変お世話になっている。甘い物も好きな彼女だが、好物がチーズなのでチーズ味のクッキーにも喜んでくれることだろう。

「ティファーナさんはどれでも美味しいって言うだろうし、リヒトさんも特にアレコレ言わないと思うから、満遍なく残してあるんだよね」

「それが一番良いんじゃないか？」

「うん」

　ティファーナは指導係の一人で、上品なお姉様だ。甘い物はどれでも喜んで食べるが、沢山食べるわけではない。ただ、怒らせると大変怖いお姉様でもあるので、彼女の分はきちんと残しておこうと思っている悠利だった。ルシアの試作品となれば美味しいのは解りきっているので、食べ損ねたら多分、お姉様の機嫌は悪くなる。

　対してリヒトは、あれば食べるけれど、なくても別に問題ないタイプだ。彼も名目上は訓練生だが、多種多様な状況に対応出来るように冒険者としての基礎を学び直すためにここにいるので、皆にとっては頼れる兄貴分だ。立派な体躯の前衛なのに、枕が変わると眠れないような繊細で生真面目なところがチャームポイントのお兄さんである。胃袋はそれなりに大きいが、周りの分が少なくなるほどおやつは食べないし、出来た大人である。

「ロイリスはあんまり食べないから、問題ないとして……。量の確保が必要なのは……、マリアさんかなぁ」

「呼んだかしらぁ？」

「うわぁ!?」

「……マリア、気配を殺して近づかないでくれ。後、何で僕の腕を掴んでるんだ」

「うふふ、おやつが終わったらお相手してほしいのよぉ」

「断固拒否する！」

「あら、つれない」

蕩けるような微笑みを浮かべて佇む妖艶美女に、悠利は「あはは」と乾いた笑いを零した。

彼女は訓練生の一人で、吸血鬼の血を引くダンピールのマリア。夜の世界で燦然と輝けそうな美貌とスタイルを誇るお姉様だが、彼女は戦闘が大好きである。職業は狂戦士。そこで色々と察してほしい。

愛すべき外見詐欺なマリアは、そのほっそりとした見た目とは裏腹によく食べる。レレイほどではないにせよ、彼女もよく食べる方なので悠利はそっと学生鞄から取りだした大皿に載ったクッキーを差し出した。多分一人でこれぐらいは食べきってしまうだろうなぁと思いつつ。

「今日のおやつは、ルシアさんの試作品のクッキーです。食べた人はヘルミーネに感想を伝えることになってます」

「解ったわ」

「後、ラジの腕は放してあげてください。可哀想だから」

「ダメ？」

「ダメです。嫌がってるので」

「仕方ないわねぇ」

悠利に言われて、マリアは渋々ラジの腕を放した。頂いていくわねと微笑んで、クッキーの大皿を片手に移動する。賑やかにクッキー談義に花が咲いているヘルミーネ達の所へ合流するらしい。

立ち去る後ろ姿すら妖艶で美しく、セクシーな魅力に満ちていた。

大皿に載ったクッキーにレレイが反応しているが、マリアは片手でレレイを押さえ込んで自分の分が取られないように確保していた。レレイ相手にそれが出来る程度には彼女は武闘派なのだ。やっぱり外見詐欺である。

ちなみに、ラジが彼女との手合わせを嫌がっていたのは、無尽蔵に体力のある戦闘バカに付き合わされるのが嫌だったからだ。ラジは虎獣人で身体能力が高いが、決して血の気が多いわけではない。鍛錬はお互い信頼出来る相手とやりたいらしい。

「マリアさんとレレイさん、どっちも見た目と腕力が合ってないよな」

「オイラもそう思う」

「二人とも、それは今更だよ」

「「知ってる」」

クッキーの大皿を巡る女子二人の攻防戦が勃発(ぼっぱつ)しているが、その周囲にいる者達が誰一人関わるまいと距離を取っているのを眺めてのカミールとヤックの発言だった。言いたいことはよく解るのだが、どちらも種族的な要因での怪力なので、言うだけ無駄である。

強いて言うなら、その腕力でこっちを振り回さないでくれたら良いなぁ、ということだろうか。

対岸の火事よろしく二人の騒ぎを眺めつつ、悠利達はクッキーを摘まんだ。ルシアのクッキーはとても美味しいので、いくらでも食べられるのだ。

「ロイリスは小食だから良いとして、ミリーさんは？」

「あー、ミリーはねぇ、甘い物も喜んで食べるのは食べるんだけど……」

「だけど？」

「腹持ち重視なんだよね、彼女……」

「「へー……」」


訓練生のロイリスとミルレインの二人は、細工師と鍛冶士の見習いという職人コンビだ。成人しても人間の子供ぐらいのサイズのハーフリング族のロイリスは年齢の割に小柄で、胃袋も小さい。山の民のミルレインは骨格がしっかりしたタイプで、年齢相応に食べる。

そして、どちらも別に甘味に忌避感はない。ブルックやヘルミーネのようにハイテンションで食べるわけではないが、美味しいものは美味しいと喜んで食べるのは皆が知っている。だからこそ、悠利が告げた腹持ち重視の意味がよく解らなかった。


「ミリーはほら、鍛冶士見習いで結構体力を使うでしょ？　だから、おやつも立派なエネルギー補給って考えてるみたいで、甘さとか見た目の美しさより、腹持ち重視になるみたい。いっぱい食べるというよりは、一つで満足感がある方が好きそう」

「つまり、クッキーより腹に溜まるフレンチトーストの方が喜ぶとかそういう感じ？」

「そうそう、そんな感じ。フルーツやジャムのサンドイッチ好きなんだよね。小腹が良い感じに満たされるって」

「ミリーさん、ちょいちょい豪快だよなぁ」

「まぁ、ミリーさんだし」

カミールとヤックは二人で何やら勝手に納得していた。ちなみにミルレインが豪快なのは、作った武器を使いこなせてこそ一人前という家訓のもとで育っているからかもしれない。彼女は鍛冶士の見習いだが、同時に戦士として自前の武器で戦ったりもするのだ。強い。

「ロイリスとジェイクさんの胃袋が同じくらいだと思うんだよねぇ、僕。小柄なロイリスはともかく、ジェイクさんはアレで足りてるのか時々心配になっちゃう」

「まぁ、あの人は動かないからなぁ……」

「基本的に室内で本読んでるか論文書いてるかだもんね」

「学者だからそれで良いんだろうけどな」

ジェイクは学者先生で、皆の座学の先生でもある。ただ、基本的にマイペースな上に日常生活で遭難しそうなぐらいに色々とダメダメなので、皆にはあんまり尊敬されていない。気を抜くと廊下で生き倒れているおっさんを、尊敬するのはちょっと難しいのです。

ちなみに、小食なので胃もたれしそうながっつり系の料理は苦手だが、基本的に食材や味付けの好き嫌いはないらしく、お菓子にもそれが適用される。甘い物も割と何でも普通に食べるので、そういうところは好感が持てる。

「クッキーと一口に言っても」

「ん？」

「これだけ人数がいると好みが分かれるし、それぞれにとっての一番美味しいがあるんだろうな」

「そうだねぇ。まぁ、食べ物って基本的にそういうものだし」

「そうだな」

悠利の言葉に、ラジは素直に頷いた。これだけの大所帯だ。皆が皆、一番美味しいと言う食べ物が同じになるのはなかなかに難しいものがある。けれど、一緒に食べるのは楽しい。その中で、誰かの好物が他の誰かの美味しいに繋がることもある。食事の可能性は無限大だ。

「喧嘩しないで、皆で仲良く食べられたらそれが一番だよね」

「喧嘩しないでってのが重要だな」

「そうなんだよねぇ……。争奪戦始まっちゃうから……」

「……クッキーは、ちゃんと確保してあるんだよな？」

「大丈夫。いない人の分はここにあるから。……あっちの騒動は知らないけど」

「あっちの騒動は、あっちに任せよう」

「うん」

ぽんぽんと学生鞄を叩いてクッキーの無事を主張した悠利は、賑やかな騒動からはそっと目を逸らした。皆がわいわいがやがや言いながらクッキーの取り合いをしている姿が見えたような気がするが、我関せずを貫く所存だった。そしてラジもそんな悠利に同感だったらしい。わざとらしいぐらいに、ちっとも向こうを見ない。

美味しいもので大騒ぎになってしまう賑やかな仲間達を、「今日も皆、元気だよねぇ」と安全圏から眺める悠利なのでありました。それもまた日常です。

第一章　落とし物狂想曲

「やっぱりルシアのスイーツは最高よね！」

「他とは何かが違うんだよねぇ。今日も美味しかった」

「ねー！」

とてもとてもご機嫌なヘルミーネと並んで歩く悠利の表情もまた、幸せそうなものだった。彼らは大食堂《食の楽園》でパティシエであるルシアのスイーツを堪能してきた帰りである。予定が合ったので、二人でティータイムと洒落込んだわけである。

ティータイムにスイーツを提供している関係か、お客様は女性が多かった。ちらほらとカップルの姿もあったが、概ね女性客がメイン。そんな場所に悠利は行っていたわけだが、当人も周りも別に何とも思っていなかった。彼にはそういう雰囲気がある。

有り体に言うと、女子会に交ざっていても誰も違和感を覚えない。のほほんとした生来の性格なのか、十七歳という実年齢に比べて小柄なことが関係しているのか、持って生まれた童顔の影響なのか。とりあえず、そういう空間に普通に交ざってしまえるのが悠利だった。

もっとざっくり言うと、男扱いされていないとも言う。当人もあんまり気にしていないので、それで良いのかもしれない。

とにかく、二人はルシアの美味しいスイーツを堪能してご満悦だった。紅茶も美味しかったし、相乗効果で美味しさを引き立てるラインナップであった。美味しいスイーツには美味しい飲み物が必要なんだなと確信する感じで。

「ヘルミーネ、この後予定は？」

「特に何もないから、アクセサリーでも見に行こうかなって思ってるの。ユーリも来る？」

「うん、行く。見てるだけで楽しくなるんだよねー」

「選ぶの手伝ってね」

「解ったー」

うきうきのまま予定が決定して、二人は楽しそうに歩く。流れるようにアクセサリー屋への同行が決定していた。まぁ、よくあることなので気にしてはいけない。

悠利は自分が着飾ることにはあまり興味はないのだが、可愛いものや綺麗なものを見るのは好きだし、他人が着飾るのを見るのも好きだった。綺麗なもの、可愛いものを鑑賞するのが好きなタイプだと思ってもらえば良い。

そして、そういうものが好きなので、女性陣と何だかんだで会話が成立する。細かなこだわりなどにも気付くので、一緒に買い物をして楽しい相手という認識をされているのだ。どちらかというと姉妹や女友達と買い物に行くような枠にされているが、誰も困っていないので大丈夫です。

そんな風にのほほんと休日を満喫していた二人だが、不意に喧噪が聞こえて視線をそちらへ向けた。詳しくは解らないが、離れた場所で煙が上がっている。

「……え、何、アレ？　火事？」

「火事の煙じゃないわよ。アレは多分、何かが壊れた感じの煙」

「それはそれでダメなやつでは」

「何かあったのかしら」

二人揃って首を傾げる。その足元でルークスも不思議そうにこてんと身体を傾けていた。……ええ、ルークスはちゃんと悠利の足元にずっといました。悠利が外出するときは、常にその側にいるのがルークスの役目なのです。護衛担当の従魔なので。

それはともかく、もうもうと煙が上がり、人々の騒ぐ声が聞こえてくる。何かがあったことだけは確かだ。

「様子、見に行ってみる？」

「危なくない？」

「遠くから確認するだけでも良いし。……ほら、何か困ってたら、悠利の鑑定で手伝えるかもしれないでしょ」

「あ、それもそうだね。うん、行ってみようか」

単に野次馬根性で言い出したのではないのだということが解って、悠利はヘルミーネの意見に同意した。まぁ、騒ぎになっているようだから、既に誰かが駆けつけているだろうとは彼らも思うのだけれど。

例えば、もしも何かが崩れてその内部が解らないとかだったら、悠利が手伝える可能性はある。

人助けは良いことだ。自分達の手に負えなかったら応援を頼めば良いのだし。そんなわけで、ヘルミーネを先頭に悠利とルークスは騒ぎが起きているっぽい方へと向かって足早に移動する。

全力疾走とまではいかないが、それなりに早足で駆けている二人と一匹。そのとき不意に、こちらへ向けてかなりの速さで走ってくる人影が複数あった。

「あっ」

「きゃあ……ッ！」

危ない、と悠利が言うより先に、ヘルミーネの身体がぐらりと揺れた。前方からやってきた複数人の男達が、まったく速度を落とすことなく、まるで体当たりするような勢いでヘルミーネの傍らを走り抜けたのだ。

勿論ヘルミーネは当たらないように避けた。避けたのだが、腕を振って走っていた男の袖口と、ヘルミーネの持っていた鞄の紐が絡まった。両者が絡んだのは一瞬だった。男は乱暴に腕を引っ張って走り去り、ヘルミーネはその反動でよろめいて転びそうになったのだ。

しかし、転ぶことはなかった。咄嗟にヘルミーネの側へと移動したルークスが、むにょんと身体の一部を伸ばして彼女を支えたからだ。

「キュピ！」

「ルーちゃん、偉い！」

「ありがとう、ルークス」

「キュイ」

お役に立てて何よりです、みたいな感じで嬉しそうなルークス。ルークスの機転のおかげで怪我をすることのなかったヘルミーネは、仕事の出来る従魔に笑顔でお礼を言った。

そして、不機嫌そうに唇を尖らせる。その憤りは、去っていった男達へと向けられていた。

「何なのよ、アレ！　自分が引っかかってきたんだから、謝るぐらいすれば良いのに！」

「それ以前に、往来を人とぶつかるような速度で走るのもどうかと思うんだよねぇ……」

「本当にそれよ！　もう！」

怪我こそしなかったが、転びそうになったのは事実なのでヘルミーネはご立腹だった。しかも、向こうが考え無しに突っ込んでくるのを、こちらが避けていたので尚更だ。避けてもらったのに感謝もせず、自分が原因で袖口と鞄の紐が絡んだのに乱暴に振り払って去っていった相手には、どうやっても好意的になれそうになかった。

お気に入りの鞄の紐が傷ついていないか確かめているヘルミーネの足元で、何かがキラリと光った。気付いたのはルークスで、不思議そうにしながらそれを拾い、悠利に差し出す。

「どうしたの、ルーちゃん？　何か落ちてた？」

「キュピ」

「……綺麗な金ボタンだね」

ころりと悠利の掌の上に落とされたのは、見事な細工が施された金ボタンだった。このボタンだけでも価値がありそうな、精巧な細工のものである。外れたばかりなのだと示すように、ボタンの根元には糸がちょろりと付いていた。千切れたという感じだ。

掌の金ボタンと、ぷりぷり怒りながらヘルミーネが確認している鞄の紐とを、悠利は見た。確証はないが、コレは先ほどヘルミーネと接触した男性の袖口に付いていたボタンのような気がした。落ちている場所があまりにも不自然だったので。

つまりは、ある種の証拠品である。この金ボタンの持ち主を捜し出せば、先ほどの無礼な男性に辿り着くような気がした。

「ユーリ、何を見てるの？」

「これ、さっきの人が落とした金ボタンじゃないかなぁって」

「……つまり、そのボタンを調べて持ち主を割り出せば、あの失礼な男に会えるかもしれないってこと？」

「ヘルミーネ、目が据わってます……」

「だって、失礼じゃない！」

せっかくの休日の良い感じの気分を邪魔されたので、怒りが収まらないらしい。どーどーと宥める悠利にも、心配そうにキュイキュイ鳴いているルークスにも絆されてくれない。よっぽど腹に据えかねたらしい。

とはいえ、手元にあるのはただの金ボタンだ。仮に鑑定して持ち主を割り出して対面したとして、自分のモノではないと言われたらそれまでである。何かこう、オンリーワン的な印が入っていたら別だが。

そんな風にご立腹のヘルミーネを宥める悠利とルークスの耳に、聞き慣れた声が届いた。

「お前ら、そんなところで何やってんだ？」

「アリーさん？」

振り返った悠利の視界に入ったのは、走ってきたと思しきアリーとブルックだった。今日は何やら仕事があると朝から二人で出掛けていたのを知っているので、何でここにいるんだろう？　と首を傾げる二人と一匹だった。

「いえ、ルシアさんのケーキを食べてきた帰りです。お買い物でもしようかなって」

「そうなんですよ。……まったく、せっかく新作ケーキを食べて楽しかったのに、さっきのアレで気分最悪ー」

「あははは……」

ぷぅと頬を膨らませるヘルミーネ。美少女はそんな仕草をしても大変愛らしい。とはいえ、彼女が怒る理由を知っている悠利は、困ったように笑うだけだった。

二人がここにいる理由が解ったアリーが口を開くより早く、ブルックがヘルミーネの肩をがしりと掴んだ。長身の凄腕剣士に見下ろされる形になったヘルミーネが、思わず圧に負けてピタリと動きを止める。

「新作ケーキが出たのか？」

「……あ、はい」

「いつ」

「数日前から……？」

「いつまで」

ずももっと、何か謎のオーラというか威圧というかを背負ったブルック。声は静かなのだが、圧が凄い。悠利とルークスは身を寄せ合ってちょっと怯えていた。甘味に目がない剣士様の本気、とても怖い。

しかし、ヘルミーネはヘルミーネであった。彼女はブルックとは甘党同盟なのである。その同志が何を言いたいのかなど、今のやりとりで完全に理解していた。

だからヘルミーネは、威圧するように自分を見下ろすブルックに向けて、大真面目な顔で答えた。

「定番商品に追加するって言ってたので、売り切れない限りいつでもあります」

自分を真っ直ぐ見上げて告げられた言葉に、ブルックはヘルミーネの肩に置いていた手から力を抜いた。そして、大きく息を吐き出した。

「重要な情報、感謝する」

「いえ、お役に立てて何よりです」

「お前はこの忙しいときに、そんなどうでも良いことにこだわってんじゃねぇ！」

「どうでも良くない」

「後で良いだろうが！」

真剣な顔でやりとりするブルックとヘルミーネの姿に、アリーがキレた。相棒の頭に拳を一発入れるのだが、とてもとてもタフなブルックお兄さんは痛み一つ感じていないのか、普通の顔だった。割と見慣れたコントである。

ただ、忙しいときとアリーが言ったのが悠利には気になった。お仕事の途中だったとしたら、自分達が足止めをするのはよろしくない。

「あの、アリーさん、何かあったんですか？」

「あー……、お前ら、怪しい奴を見なかったか？　俺らが来た方から走ってきたと思うんだが」

「『怪しい奴？』」

問われて、悠利とヘルミーネは顔を見合わせた。アリーとブルックが追いかけてくるような怪しい人がいたかと言われると、解らない。ただ、言えることはあった。

「怪しいかどうかは解りませんけど、ヘルミーネにぶつかりそうになったのにそのまま走っていった人達はいました」

「物凄く失礼な人達でした。向こうが私の鞄の紐に引っかかったのに、無理矢理腕を引っ張るから転びそうになったんですよ！」

「……人相は？」

「いえ、そこまでは。男の人が三人ぐらいだったとは思うんですけど……」

「そうか」

思い出したらまた腹が立ってきたのかぷりぷり怒るヘルミーネ。ルークスが宥めるようにキュイキュイ鳴いているが、やっぱりご機嫌ナナメなままだった。

そんな彼女に構わず、アリーとブルックは難しい顔をしている。やっぱり何かあったんだ、と悠利は思った。

「怪しい人を捜してるって、何かあったんですか？　さっき、アリーさん達が来た方から煙が出てたのと関係があるんですか？」

「……ある」

「アリーさん？」

険しい表情のアリーが悠利を手招きし、悠利は素直にそれに従う。近付いてきた悠利の耳元で、アリーは小声で事情を説明してくれた。

「フレッド様が襲撃された」

「……フレッドくんが⁉」

思わず声を上げる悠利に、アリーは落ち着けとぽんと肩を叩いた。

「心配するな。ブルックが防いだから、無傷だ」

「そ、うですか……。良かったぁ……」

大事な大事な友人の無事が解って、悠利は思わずへにゃりとその場に座りこみそうになった。何とか堪えて立っているが。

フレッドは、悠利にとってとても大切なお友達だ。住んでいる世界が違うこともあって滅多に会うことは出来ないが、それでも大事なお友達であることに間違いはない。日々のほほんと生きている悠利と違って、色々と育ちの良さゆえに大変なことがあるのも察している。その友人が大変な目に遭ったと知っては、落ち着かない。

落ち着かないが、アリーとブルックが居合わせて本当に良かったとも思った。特にブルックだ。

人間のフリをしているだけで、その本性は竜人種（バハムーン）という規格外の存在なので、戦闘時はそりゃもう頼りになる。どれだけ頼りになるかと言えば、プッツンしたら魔物の大量発生であるスタンピードを一人で片付けてしまうぐらいにだ。最終兵器ブルックさんである。

「ってことは、今日のお仕事ってフレッドくん絡みだったんですか？」

「仕事のついでに顔合わせってところだな。そこを襲撃されてな」

「ブルックさんがいて良かったですねぇ」

「まったくだ。……ただ、安全確保を優先したせいで、襲撃者やその関係者らしき奴らに逃げられてな」

「……なるほど。つまり、僕らが遭遇した人達が、その襲撃事件の関係者の可能性があるってわけですね」

「そうだな」

アリーの言葉に、悠利は黙り込んだ。真剣な顔をしている。普段のほほんとしているので、悠利がそんな風に冷ややかで静かな雰囲気を纏（まと）うと違和感が凄い。

しかし、悠利だって怒るときはあるのだ。彼が怒るのはいつだって大切な誰かのためである。自分自身に対するアレコレにはまったく怒らないのだが、仲間のためや仲間の健康を思ってならいくらでも怒れる少年であった。

なので、悠利は掌の中の金ボタンをぎゅっと握った。彼らが犯人であるかは解らない。この金ボタンが彼らのものであるのかすら、解らない。それでも、これがたった一つの手がかりであるような気がした。

「アリーさん」

「何だ」

「これ、その人達が落としていったかもしれない金ボタンです」

「……何？」

何でそんなものが？　と言いたげなアリー。事情を説明したのはヘルミーネだった。まだご立腹だったけれど。

「私の鞄の紐と、走っていった男の人の袖口が絡まっちゃったんです。で、無理矢理腕を引っ張って走っていった衝撃で外れた金ボタンじゃないかなって」

「落ちてた場所が場所なので、可能性は高いと思うんです」

「……見せてみろ」

「はい」

悠利が差し出した金ボタンを、アリーは真剣な顔で見ている。見事な細工が施された美しい金ボタン。しかし、ボタン自体に名前が書いてあるわけでもない。

「それなりの細工だな。オーダーメイドか、何かの記念で作られたものか……」

「これを調べたら、持ち主を見つけることが出来るんじゃないでしょうか」

「その可能性はある。……だが」

「アリーさん？」

悠利の頭で考えつくことなんて、アリーは解っていると思っていたのだが、妙に歯切れが悪い。何でだろうと首を傾げる悠利に説明したのは、ブルックだった。

「確たる裏付けを取るには、鑑定能力で判断するだけでは弱いだろう。事が事だけに、相手もそれでは納得しないはずだ」

「え、アリーさんが言ってもですか？」

「恐らくはな。アリーは自他共に認める彼の味方だ。その証言を襲撃者が認めるかと言えば、どうだ？」

「あー……、自分をはめるための罠だとか言い出しかねないやつですか」

「そういう可能性もある」

色々と面倒くさい上流階級のアレコレを匂わせての説明に、悠利は口をへの字に曲げた。ヘルミーネとルークスは詳しい事情を聞いていないので、顔を見合わせて首を傾げている。何だかんだで接触することが多いので、ここも仲良しである。

誰もが納得する物的証拠でなければいけないらしいと理解して、悠利は思わず呟いた。本当に思わず。

「やったことの責任も取らずに言い逃れとか、人間としての器が極小」

「「……ユーリ」」

ぼそりと呟かれた言葉は、近くにいた仲間達の耳には届いた。普段ぽわぽわしている家事担当の少年の口から零れた辛辣な意見に、思わず皆は遠い目をする。何だかんだで怒らせたら怖いのを知っている皆だった。

悠利としては、大事なお友達に危害を加えた相手を許したくはない。犯人を見つけて捕まえたいし、言い逃れなんて出来ないぐらいにきっちり証拠を突きつけたい。それにはこの金ボタンを鑑定で調べるだけでは弱いらしいと知って、ちょっと腹が立っているのだ。

鑑定で調べれば良いのならば、別にアリーに頼らなくても悠利が出来る。鑑定系最強チートである【神の瞳(ひとみ)】さんにかかれば、全部解る。持ち主だって解るだろう。……しかし、それはあくまでも悠利だけが真実を知るということでもある。確たる証拠にはならない。

現行犯とか、余罪があるとか、顔を見ているとかならば、まだどうにかなるのだが。ただ拾った落とし物を調べて辿(たど)り着(つ)いただけとなると、もう一手が足りない。

「私、もう一度会ったらそいつだって解ると思うけど」

「ヘルミーネ?」

「今、思い出して似顔絵を描けとか、特徴を言えって言われたら難しいけど、ぶつかった相手なら顔とか背恰好(せかっこう)とか、見たら解ると思うわよ」

「それは本当か、ヘルミーネ」

「はい」

こくりと頷(うなず)くヘルミーネに、アリーの表情が明るくなる。勿論(もちろん)、これも証拠としては弱いが、少なくとも金ボタンの持ち主とぶつかった相手を結びつけることは出来る。

それならば何かやりようがあるか、と皆が考える中、ヘルミーネはにこにこ笑いながら言葉を続けた。愛らしい容姿に相応しい笑みからこぼれ落ちた声は、ドス黒かった。

「私を転ばせかけた相手の顔ですからね」

「「……」」

あ、根に持ってる、と悠利は思った。理由はそこか、とアリーとブルックは思った。謝罪も無しに立ち去った相手への鬱憤から、その特徴が記憶に残っているらしい。よっぽど腹に据えかねていたようだ。

まぁ、理由が何であれ、判定材料が一つ増えるのは良いことだ。怒りが収まっていないヘルミーネを見ないようにして、三人はそんなことを思った。

「……とりあえず、アジトに戻って考えることにしよう。ユーリ、金ボタンはお前が持ってろ」

「僕が？」

「お前の鞄なら、盗難の恐れもないだろう？」

「あ、はい！　了解しました！」

悠利愛用の学生鞄は、異世界転移の結果とても素晴らしい魔法鞄に変質していた。容量無制限だとか、時間停止やソート機能が付いているとか色々とあるのだが、今回役立つのはそれではない。実は、悠利が許可すれば誰でも中に入れることは出来るが、取り出すのは悠利にしか出来ないという特殊仕様なのだ。

後、何故か解らないが、失くしても必ず手元に戻ってくるようになっている。

細かい仕組みは謎なのだが、とりあえず持ち主である悠利から離れすぎると戻ってくるのだ。ただし、悠利が自分でアジトに置いて出掛けたとかならば、そのままである。物凄く謎だが、そういうものだと思うことにしている。

　とにかく、そういう意味で何かの保管場所としては最適なのだ。持ち主の悠利の運∞という能力値との合わせ技から考えても、悠利が持っているのが一番良さそうである。

　ご機嫌斜めのヘルミーネをブルックとルークスが宥めながら、帰路につく。並んで歩くアリーと悠利。その途中で、悠利はアリーに向けて口を開いた。

「犯人を捜し出したら、ちゃんとフレッドくんの役に立ちますよね？」

「……あぁ」

　悠利の脳裏に浮かんでいたのは、建国祭での一幕だった。襲撃されたフレッドを、皆で何とか助けた記憶だ。……まぁ、正確には凄腕の暗殺者さん（休業中）が恩返しに助けてくれたことで、何とか全員無事だったのだが。

　フレッドを取り巻く環境が自分達と違うことぐらいは解っている。普通の十代の少年よりもずっとずっと大変で、危険にさらされていることも。だからこそ悠利は思うのだ。大切な友達のために、出来ることを頑張ろう、と。

「それじゃあ、僕もちょっと、全力で頑張ってみますね」

　決意を宿してにっこり笑った悠利の頭を、アリーは大きな掌でぽすりと撫でた。いつもならば「お前は大人しくしてろ」と言うはずの保護者からツッコミがなかったので、悠利は許可を貰ったと理解した。フレッドはアリーにとっても大切な相手なので、許可が下りたのだろう。

斯くして、意図せず騒動に関わることになった悠利だが、今回は全力で関わっていくぞ！　と珍しい決意をするのでありました。お友達のためなので当然です。

「むむむぅ……」

手にした金ぴかのボタンを見ながら、悠利は一人で唸っていた。それは、フレッド襲撃事件の犯人と思しき男が落としていった金ボタンである。細工が見事な金ボタンだが、あくまでも単なるボタンである。証拠としては弱い。

鑑定で判断するだけでは証拠としては弱いというのはブルックに説明されて理解しているのだが、そうなると悠利に打てる手はほぼほぼなかった。基本的に悠利が持っているのは鑑定チートのみである。こんなときにパッと解決策が思い浮かぶような、推理力に優れた頭なんて持っていない。地味に困っていた。

「うーん、どうすれば良いのよ……」

その隣で、ヘルミーネも唸っていた。彼女は彼女で、自分にぶつかりそうになったあげく、鞄の紐に絡んだ腕を無理矢理引っぱってこちらのバランスを崩したまま立ち去った男にもう一度会いたかった。恨み節たんまりである。

しかし、悠利とヘルミーネでは良い案が浮かばない。手詰まりなのである。

「二人で何やってんだ？」

「あ、クーレ。ちょっと困ってるんだー」

「見て解らないの？　困ってるのよ！」

「……何でお前はそんなに偉そうなんだ」

二人があまりに真剣に唸っているので気になって声をかけたクーレッシュは、何故か妙に偉そうなヘルミーネに思わずツッコミを入れていた。困っていると伝えているのは両者同じなのだが、言動一つでここまで印象が違うんだなという見本になりそうであった。

それでも、二人が困っているらしいことは理解したので、とりあえず話は聞こうとしてくれるクーレッシュは優しい。というか、そうやって周りのことが気になってしまうのが彼の性分なのだろう。上手に立ち回らないと貧乏くじで終わるやつである。

「それで、何をそんなに困ってるんだ？」

「あのね、このボタンの持ち主をどうやって捜そうかって話なんだよね」

「……そんなの、お前の鑑定でパパッと調べれば良いだけじゃないのか？」

「いつもならそうするんだけどね――……」

悠利の鑑定能力の高さを理解しているクーレッシュは、至極もっともな意見を口にした。そう、普段だったらそうやって、落とし主に届ければ良いだけである。ただの善意で落とし物を届けるならば。

落とし主に対しては善意はないので、鑑定で調べるだけでは意味がないのだ。

「実はこれ、フレッドくん襲撃犯に繋（つな）がる証拠品かもしれなくって……。鑑定だけじゃなく、誰の目から見ても納得出来る根拠が必要だろうって言われてるんだよねぇ」

「は……？」

「もー、絶対見つけ出して謝らせるんだから！　私に！」

「ヘルミーネはぶつかりそうになって体勢を崩して転びかけたから、とってもご機嫌ナナメなんだよね。まぁ、まずはフレッドくんに謝ってもらいたいんだけど」

「それはそう。襲撃犯の一味はちゃんと謝って罰を受けるべき」

「うん」

事件のざっくりとした内容を、現場に居合わせたアリーとブルックから聞いている悠利とヘルミーネは、二人だけでぽんぽんと言葉を交わしている。いつもなら上手に会話の流れに入ってくるクーレッシュだが、今はそれが出来ないでいた。衝撃の情報に固まっている。

それも仕方がない。いつものように単なる落とし物とか、冒険者同士の軽い小競り合いとかだと思っていたら、物凄（ものすご）く物騒な単語が聞こえたからだ。襲撃犯？　と思わず反芻（はんすう）している。

しばらくして情報の処理が追いついたのか、クーレッシュは叫んだ。二人で仲良く話している悠利とヘルミーネの会話に全力で割り込むように。

「ちょっと待てお前ら！　フレッドが襲撃されたってどういうことだよ！」

「どういうも、こういうも、襲撃されたものは襲撃されたんだよ、クーレ」

「そうよ。他にどう言えって言うのよ」

「違う！　そうじゃない！　何でそんなことになってるのかと、何でお前らがそれ知ってるのかと、それが証拠品ってどういうことだって話だ！　ちゃんと説明しろ！」

話が通じない二人に叫ぶクーレッシュ。その叫びに釣られるように、わらわらと仲間達が集まってきた。クーレッシュがこんな風に叫ぶときは大体、何かヤバいことが起きている可能性があるのを皆が知っていたのだ。

そんな風に皆が集まってきたので、悠利はざっくりと事情を説明した。フレッドが何者かに襲撃されたこと。その襲撃現場にアリーとブルックが居合わせていたのでフレッドは無事なこと。そこから逃げ出した襲撃犯と思しき男達と悠利とヘルミーネが接触したこと。そして、その男達の落とし物であろう金ボタンを拾ったこと。

更に、その金ボタンを頼りに男達を捜そうにも、鑑定だけでなく誰にでも解る証拠を見つけなければいけないこと。その方法が解らなくてヘルミーネと二人で唸っていたこと。

全てを伝え終わった頃には、仲間達はその場でがっくりと肩を落として脱力していた。ちなみに集まっているのは見習い組と訓練生の若手達だ。つまるところ、いつもわちゃわちゃしている仲間達である。

「理由は解ったけどさ、何で二人で悩んでるんだ？　リーダーに相談すれば良いじゃん」

「あー、それがねー……。アリーさんの手助けは無理っぽいんだよねぇ」

「何で？」

不思議そうに問いかけたカミールに、悠利はため息を吐いた。悠利だって勿論、最初はそれを考えた。アリーも同様だ。悠利が手にした金ボタンが証拠品かもしれないのならと、持ち主を特定するために手段を講じようとはしていたのだ。

しかし、それに待ったがかかった。かかってしまったのだ。

「アリーさんとブルックさんは襲撃現場にいたから、相手に警戒されてるだろうって話になってね。二人が動いたり、二人の伝手で何かをすると相手に気付かれる可能性があるって言われて」

「……つまり、リーダーもその人脈も使えないってことか？」

「そうなんだよねぇ。だから僕ら、困ってるんだけど」

はぁ、と盛大にため息を吐く悠利。その隣でヘルミーネも同じ状態だった。鑑定能力でパパッと解決することは出来ない。いつもなら頼りになるアリーやブルックが動けない。挙げ句の果てに、彼らの人脈も敵にマークされているだろうから使えない。かなりの手詰まりだ。

それでも、諦めるという選択肢は存在しなかった。大事な大事なお友達であるフレッドが大変な目に遭ったのだ。犯人にはちゃんと痛い目を見てほしいし、きちんと罪を償ってほしいと思っているのだ。

後、捜し出してきっちり禍根を断たないと、同じことが繰り返される可能性がある。彼に危ないことが続くなんて真っ平ごめんなのである。普段一緒にいられないお友達なだけに。

悠利とヘルミーネが何で悩んでいるのかが理解出来た一同は、一緒に困り顔になった。いつもなら使える強力なカードが、今回は全部封じられているようなものだ。大変難しい。

そんな中、しばらく考え込んでいたカミールがゆっくりと口を開いた。

「なぁ、ユーリ」

「なぁに？」

「相手が警戒してるのはリーダー達なんだよな？　んでもって、リーダーの伝手」

「多分ね」

それがどうかしたのか、と言いたげな反応をする一同。そんな仲間達を見回して、カミールはにかっと笑った。……黙っていれば気品溢(あふ)れる良家の子息みたいな外見だが、そうやって笑うと年齢相応の悪ガキっぽく見えるのがカミールであった。

そして、彼は何だかんだで頭の回転が速かった。勉強が出来るというのとは別の意味で、頭が良い。

「なら、俺らが使える伝手なら、相手の目を盗んで動けるってことだよな？」

「へ？」

「何も無理にリーダー達の伝手を頼らなくても良いじゃん。知りたいのはその金ぴかのボタンの持ち主の情報で、誰が見てもそうだと解るやつだろ？」

「う、うん。そうだけど」

それが出来ないから困ってるんだけど？　と悠利は首を傾げた。そんな悠利に対して、カミールは笑う。悠利の手から金ボタンを受け取ると、ぽーんと宙に投げて弄(もてあそ)ぶ。

そうして、皆と一緒に話を聞いていた小柄な人物に向けて、声をかけた。

「ロイリス、この金ボタンの細工から何か解ることってないか？」

「え？　僕ですか？」

「そう。これ、俺の見立てでもかなりの細工なんだよな。こんなんが出来るのって、限られた職人しかいないんじゃないかと思うんだけど」

カミールに呼ばれたロイリスは、手渡された金ボタンを大事そうに受け取った。これが重要な証拠品であることを理解しているからだろう。また、そうでなくとも彼は普段から物を大切に扱う少年である。

ハーフリング族のロイリスは、十二歳という実年齢よりも更に幼く見える。外見年齢は七歳か八歳ぐらいにしか見えない。しかし、そもそもハーフリング族は成人しても外見が人間の子供のようなので、外見が幼いのは種族特性だ。

また、小柄で幼い外見と共に、彼らの寿命は人間よりも少々短い。そのため、十二歳という年齢から受ける印象よりも落ち着いており、精神面も大人だ。

そのロイリスは、手先の器用さを生かして細工師として修業を積んでいる。得手は彫金。つまるところ、この金ボタンに施されているような細工は彼の関わる分野と言えた。だからこそ、カミールがロイリスを名指ししたのだ。

受け取った金ボタンを、ロイリスは真剣な顔で見ている。その彼を、悠利達は真面目な顔で見守っていた。事件解決の糸口がこんなところにあるのかと、興味津々なのだ。

しばらく金ボタンを確認していたロイリスは、やがてゆっくりと口を開いた。

「この金ボタンに施されている細工は、少し特殊なものだと思います」

「特殊？　どんな？」

「一見するとただの模様にしか見えませんが、専用の道具を使うと文字や数字が読めるようになるものです。オーダーメイドの品などを作るときに、誰の持ち物か解るようにするために使われる技術です」

「そんな技術があるの……!?」

「はい」

驚いたように声を上げた悠利に、ロイリスはこくりと頷いた。ことそちらの分野に関して、ロイリスの知識を疑うものはいない。だからこれは、単純な驚きだった。

金ボタンは再び悠利の手に戻った。悠利の隣から覗き込むように金ボタンを見ていたヘルミーネが、感心したように言葉を発した。

「それにしても、ロイリスよくそんなこと知ってたわね。結構特殊な技術じゃないの？」

「たまたまです」

「たまたまって……」

そんなたまたまがあるのかと言いたげなヘルミーネ。その彼女に、ロイリスは困ったように笑った。

「本当にたまたまなんですよ。僕は師匠以外の方の工房でも色々と教わっているんですが、この細工の手はその内のお一人のものとしか思えないんです」

「……ロイリスの知り合いの職人さんが作ったってこと？」

「恐らくは。この金ボタンの持ち主が貴族だとすると、辻褄が合います。国の式典で配布する金ボタンを作ったことがあると聞いたことがありますから」

「「ロイリスお手柄！」」

「うわ……ッ⁉」

説明が終わった瞬間、何人かがロイリスに飛びついた。小さなロイリスはもみくちゃにされて声を上げる。しかし、光明を見出した一同は聞いてはいなかった。

凄い凄いともみくちゃにし、胴上げをし、ぐるぐると振り回す。大変盛り上がる皆を見ながら、カミールがふふんと笑った。

「な？　リーダー達じゃなくても、伝手は色々あるだろ？」

「カミール、流石だよ……」

「情報の使い方ならお任せあれってな」

「お見それしました」

知っているだけでは使いこなすことは出来ない。カミールは適材適所で人を配置することや、どのタイミングで誰に助けを求めれば良いのかを見極めるのが上手い。全体のバランスを取るのも得意だと知っていたが、まさかの展開だ。

商人の息子として、情報の取り扱いには皆より慣れているというのもあるのだろう。仲間達の特技やその人脈も、把握出来る範囲は確認しているらしい。末恐ろしい。

「これで、調べ物が捗るだろ？」

楽しげに笑ってウインクを寄越すカミールに、悠利はそうだねと笑った。手詰まりの状態から一歩前進出来そうで一安心だった。

翌日、悠利はロイリスに連れられて職人区画にある工房へと足を運んでいた。職人区画そのものには何度もやってきているが、お邪魔するのは初めての工房なのでちょっと緊張していた。

その悠利の足元では、ルークスがビシッと姿勢を正していた。その眼差しは真剣そのもの。どうやら、悠利の緊張を察してこんな感じに真面目モードになっているらしい。

そんな愉快な主従はお構いなしに、ロイリスは呼び鈴を鳴らして返事も待たずに工房の中へ足を踏み入れる。悠利とルークスも、お邪魔しますと一声かけてからそれに続いた。

「エルンさん、お待たせしました」

「あぁ、良く来たな。話があるのはそっちの坊やかい？」

「初めまして、ユーリです」

「初めまして。エルンだ」

二人を出迎えてくれたのは、壮年の男性だった。工房自体はこぢんまりとしているが、どうやら複数人の職人がいるらしい。今悠利達がいるのは玄関を入ってすぐのスペースだが、客人との打ち合わせ用に作られているらしく、他の職人の姿は見えなかった。

では何故他にも職人がいると解ったかと言えば、奥の方から作業音や会話が聞こえてくるからだ。国から依頼を受けるほどの職人さんの工房にしては小さい気がしたが、一般的な工房の規模など悠利には解らないのでそのことには触れなかった。

　座るように促されて、悠利とロイリスは並んでエルンの向かいに座った。ルークスは慎ましく悠利の足元に控えている。昨日のうちにロイリスが今日の訪問を伝えてくれていたので、悠利がスライムを連れてもエルンは何一つ驚いていなかった。

「それで、聞きたいことというのは？」

「この金ボタンについてです」

　問われて、悠利は魔法鞄（マジックバッグ）と化した学生鞄から小さな金ボタンを取り出した。ころりと机の上に転がった金ボタンは、何も知らなければただの綺麗（きれい）なボタンだった。

　エルンはその金ボタンを手に取り、じっと細工を確認する。しばらく観察を続けた後に、ゆっくりと口を開いた。

「確かにこれは私が細工を入れた金ボタンだ。しかし、これは確か国から貴族に下賜されたはずだろう？　何で君達が持っているんだ？」

　アタリだとぱぁっと顔を輝かせた悠利に、エルンは不思議そうに問いかける。確かにその質問は当然のものだった。

　ロイリスの話が正しければ、これは国の式典で貴族に配られた金ボタンである。ぽわぽわした庶民の悠利が持っているわけがないものだ。そして、何故その金ボタンを持って自分のところに来たのかまでが、エルンの疑問だろう。

　そんなエルンに、悠利はいつも通りのほわっとした表情で告げた。

「実はこれ、落とし物なんです」

「落とし物？」

「正確には、落とす原因になってしまった、でしょうか……。うちの仲間の鞄の紐と金ボタンの持ち主さんの袖口が絡まってしまって……」

「どういう状況なんだ……？」

何だそれと言いたげなエルンに、悠利はあははと困ったように笑った。そのほわほわとした雰囲気のままで、悠利は続ける。……隣でロイリスは、大人しく沈黙を守っていた。

「急いでおられたのか早々に去っていかれて、僕達が金ボタンが落ちているのに気付いたときには、もう姿が見えなかったんですよ」

「それで落とし物、か」

「はい。高価そうなものだったので落とし主に届けたいと思ったんですけど、どうやったら持ち主が解るかが思いつかなくて……」

へにょっと眉を下げる悠利。ここでロイリスが心得たように会話を引き取ってくれた。

「その話をしているときに僕も確認させてもらったんですが、細工がエルンさんの手のような気がしたんです。それで、今日はこうして確認してもらいたくてきました」

「まぁ、確かに私が手がけた品だが、これをどうしたいんだ？」

「持ち主にお返ししたいです」

にこっと悠利は笑った。別に嘘は言っていない。金ボタンをお返ししたいのは本当だ。そのついでに、フレッド襲撃犯である証拠も含めてお届けして、逃げられないようにとっ捕まえたいと思っているだけで。

しかし、そんな事情は一切口にしない。迂闊なことを言うわけにはいかないし、何よりエルンを巻き込むのはよろしくない。自分達だって、変な人に目を付けられないように普段通りに過ごしながら行動しているのだから。

「確かエルンさん、金ボタン一つ一つに識別出来る数字や文字列を入れてあるって仰ってましたよね？　ご迷惑でなければ、それを教えてもらうことは出来ないでしょうか？」

「……別にそれは構わないが」

「何か、あります……？」

「識別出来るようになってるだけで、持ち主の名前とかは入ってないぞ」

その言葉に、悠利とロイリスは顔を見合わせた。てっきり、そこには相手の名前なり家名なりが入っていると思っていたので、ちょっと予想外だった。

そんな二人に対して、エルンは説明をしてくれた。

「頼まれたのは、個別に識別出来る数字と文字列の組み合わせで、それを誰に配るかは王宮の文官が決めてるんだ」

「じゃあ、名前は入ってないんですね」

「たかが職人に、そこまでの情報は下りてこないさ」

「なるほど」

一歩進んで立ち止まった感じではある。それでも、手掛かりの一つであることに変わりはない。なので、悠利はほわほわとした笑顔のまま言葉を告げた。

「その先を調べるのは届け出た先とかでやるので、識別番号を教えてもらうことは出来ますか？」

「それは構わない。どうせ、道具があれば誰にでも解るからな」

ちょっと待ってろと、エルンは立ち上がって道具を取りに去っていった。その後ろ姿を見送りながら、ロイリスは小声で悠利に問いかける。

「ユーリくん、どうするつもりですか？」

「とりあえず、識別出来ることが重要だと思うんだよね。それを手掛かりに、次は誰にその番号が振られているのかを調べるよ」

「エルンさんに頼めば、もしかしたら持ち主を特定することも出来るかもしれませんけど……」

「それは止めとこう、ロイリス」

悠利はきっぱりと言いきった。事情を知らないエルンを巻き込むのは良くない。今こうして、金ボタンの細工について教えてくれるだけでも御の字だ。

それはロイリスも同じだったのだろう。提案はしたものの、悠利が拒否したことで安堵した表情になっている。恩のある職人を危険に巻き込みたくない気持ちは同じだった。

「それに、本来なら無関係のエルンさんが問い合わせとかで動いたら、そこから警戒される可能性もあるしね」

「それもそうですね」

「次の一手はまた皆で考えれば良いよ。少なくとも、これで一歩は進むんだから」

「はい」

ロイリスは基本的に温厚で人当たりの良い少年であるが、だからこそフレッド襲撃犯に対する憤りはあった。自分達で何が何でも犯人を捕まえるという気はないのだが、犯人逮捕に繋がるのならば出来ることをやろうという程度には、やる気になっている。

それもこれも、ジェイクの師匠であるオルテスタの別荘でフレッドと共に過ごしたからだろう。悠利やヤック、マグのように建国祭で大捕物を一緒に潜り抜けた面々ほどではないが、ロイリスにとってフレッドは知人と友人の間ぐらいの位置付けだ。なのでやる気は出るのだ。

「待たせてすまないな。この道具を使えばすぐに解る。何か書くものは？」

「あ、ノートがあります」

道具を持って戻ってきたエルンに問われて、悠利はいそいそと学生鞄から大学ノートとシャーペンを取り出した。一瞬だけエルンが不思議そうに悠利の文房具を見ていたが、すぐに役目を思い出したように視線を戻した。

……まぁ、気持ちは解らなくもない。悠利の大学ノートはそれはそれは綺麗な紙だし（しかも魔法道具と化しているので供給無制限である）、シャーペンは見たこともない形状のペンである。それでも何も言わない程度には大人なお方であった。

悠利達の目の前で、エルンは金ボタンの上に小さなレンズ付きライトのような道具をかざして見せた。ぼわりと柔らかな光が金ボタンを照らす。レンズ越しに光に照らされた金ボタンを見ると、文字や数字が浮かんで見える。

「これって、彫りと塗料でこうなってるんですか？」

「そうだよ。二つが合わさって、かつこの道具で照らしてレンズ越しに見てやっと解る」

「知る人ぞ知る印って感じですねぇ」

素直に感心している悠利にエルンは笑う。微笑ましそうな顔だった。幼い外見なのも合わさっているのだろう。

ひょいとレンズを覗き込みながら、悠利はそこに浮かぶ数字と文字をノートに書き留める。特に意味のあるものには見えなかった。識別のためだけに割り振られた文字列なのだろう。

「エルンさん、ありがとうございます」

「いや、気にしないで良い」

「これ、お礼です」

「は？」

ノートを片付けた悠利は、挨拶もそこそこに学生鞄に手を突っ込んで目当てのものを取り出した。それは小さなバスケットだった。お弁当を詰めこむのに丁度良い感じの大きさである。

突然差し出されたバスケットに、エルンは困惑顔だった。しかし、悠利は気にしない。そのバスケットをエルンの前にぐいと押しやって、満面の笑みで告げた。

「中身は一口サイズのサンドイッチです。工房の皆さんと食べてください」

「……待ってくれ。何でそうなるんだ？」

「お金のお礼だと受け取ってくれなさそうだったので、感謝の気持ちを込めて軽食を作ってきました！」

「だから、何故⁉」

そんな話は聞いていないが？　と言いたげにロイリスに視線を向けるエルン。ロイリスはにこにこと笑っていた。……ただし、色々と諦めた笑顔である。

わざわざ時間を割いて教えてもらうのだから、悠利は何かお礼をしたかった。感覚的には、菓子折りを持参するアレだ。しかし、わざわざ店で何かを買って持ってくるのは大仰だとロイリスに言われてしまい、それならばとサンドイッチを作ったのだ。

……なお、そういうことじゃないですとロイリスはツッコミを入れたのだが、全然届いていなかったのだ。安定の悠利。

「何味がお口に合うか解らなかったので、ツナマヨと、ハムとキュウリと、甘味代わりにジャムをたっぷり塗ったのを用意しました。小さく切ってあるので、片手で食べられると思います」

「いや、説明を聞きたいわけじゃないんだ」

「お仕事でお忙しいところ、お時間を割いていただいて、ありがとうございます。ほんの気持ちですので」

「……だから、別に何もいらないんだが？」

「……？」

エルンの疲れ切ったような言葉に、悠利は首を傾げた。何で？　と言いたげである。お世話になったのだからお礼をするのは当然だと悠利は思っている。対してエルンは、この程度のことでわざわざ何かを貰うわけにはいかないと思っている。両者の心はすれ違っていた。

そのどちらの考えも理解出来るロイリスは、そっと二人の間に入ってエルンに声をかけた。

「エルンさん、ユーリくんはそういう人なので、何も言わずに受け取ってください。後、味は保証します」

「いやしかし、こんなに沢山貰ってしまうのは……」

「工房の皆さんと食べてあげてください。それでユーリくんは喜びます」

ロイリスに諭されて、エルンは悠利へと視線を向けた。悠利はにこにこ笑いながら何度も何度も頷いている。喜んで美味しく食べてもらえたら、それに勝る喜びはない。悠利はそういう人種である。

多分何を言っても無駄だと理解したのか、エルンは困ったようにため息を吐いてからバスケットを受け取った。職人さんにしてみれば、労力と対価が見合わない感じがして落ち着かないのだろう。

「それじゃあ、ありがたくいただくことにするよ」

「こちらこそ、ありがとうございました」

困った顔をしているものの、エルンは悠利に笑ってくれた。その顔を見て、悠利はぺこりと頭を下げた。

深々と頭を下げる悠利。事の次第を知らないエルンは少し不思議そうにしていたけれど、深く追及してはこなかった。何か事情があるのだと察してくれたのだろう。

金ボタンと識別用の文字列を書き写したノートの入った学生鞄(かばん)を大事に持って、悠利は工房を出た。これで一歩前進。ここから先をどうするかは、また、仲間達と相談して考えるのだ。

小さな一歩でも進んでいる実感に、アジトに戻る悠利の顔は晴れやかだった。

「と、いうわけで、識別用の文字列は調べてきたよ」

「なるほど。お手柄だな、ロイリス」

「お役に立てて良かったです」

夕食後のリビング、訓練生の若手と見習い組が集まって進捗(しんちょく)報告をしている場所に、勿論(もちろん)のことながら悠利もいた。というか、メインの報告は悠利とロイリスなので、皆の中心にいる。

手掛かり皆無かと思われた金ボタンから手掛かりを辿(たど)れる道筋が見えたので、報告を聞いた皆もご機嫌だ。やったね！　と楽しそうに盛り上がっている。

「こっちはあんまり報告出来る情報はないんだよなー」

「っていうか、クーレ達も何かやってたの？」

「ん？　俺らは、聞き込み調査してた」

「へ？」

昨日の話題にはまったく上っていなかった話なので、悠利はぽかんとした。何をしたの？　と言いたげな顔になったのは仕方ない。

　そんな悠利に、クーレッシュは説明を続けた。

「白昼堂々の騒ぎだったし、慌てて逃げてったんだろ？　だから、目撃者がいるかもしれないってことで、総出で聞き込みしてたんだよ。それらしい手掛かりはまだないけど」

「待って。そんなことして大丈夫なの？」

　気楽に言ってのけたクーレッシュの発言に、悠利は慌てて口を挟んだ。相手は多分お貴族様だ。それも、フレッドの襲撃を企てるような相手なので、話して解る可能性はあまり高くない。どう考えても相手を刺激して危険な気がした。

　第一に、《真紅の山猫(スカーレット・リンクス)》の面々が犯人を捜しているなんて知られたら、警戒されるに決まっている。それを踏まえての悠利の発言だったが、クーレッシュは楽しげににたりと笑った。

「問題ない。聞き込みをするときに、全員で『実際の依頼の練習になりそうだから、噂になってる事件の犯人っぽい人を捜すゲームをしてる』って伝えてるから」

「……ゲームって……。いやでも、そんな前置きをしたって、不審がられる可能性が……」

「そこで、こいつの出番です」

「いえーい」

「レレイ？」

　何でそこでレレイが出てくるのかが全然解らなくて、悠利は真剣に首を傾げた。彼女は身体能力が優れているので戦闘面では大変頼りになるが、頭脳戦とか駆け引きみたいなことになるとまったく役に立たない。バカ正直なお嬢さんである。

しかし、続いたクーレッシュの説明に、物凄く納得してしまった。

「前置きを言う際に、レレイがこう言ったんだ」

「勝った人が皆に美味しいものを奢ってもらえるんだよ！　楽しみ！」

「裏表のないこの言葉を聞いたら、どう考えてもゲームでやってるとしか思われないだろ？」

「……わー、謎の説得力ぅ……」

満面の笑みを浮かべて告げたレレイ。きっと本番でもこんな風に言ったのだろう。食べることが大好きなお嬢さんの、「頑張って勝って、美味しいものをいっぱい食べるの！」という願望がダダ漏れだった。裏も隠し事も何も見えない。

「更にそこに、一緒にいた私が『レレイが勝っちゃうとお財布が大変なことになるから、私達も負けられないの！』って続けておいたのよ」

「ヘルミーネがめっちゃ良い仕事してる」

「ついでに、見習い組もわいわいやりながら同じ感じのやりとりをしてる。複数人で行動して、掛け合いでこういうのを皆に聞かせてきたからな。警戒はされてないと思う」

「なかなか策士だねぇ……」

感心したように呟く悠利に、クーレッシュは楽しそうに笑った。そして、何故そんな手段に出たのかを告げる。

「そりゃ、少しは頭も使うさ。調査で俺達が危ない目に遭ったなんて知ったら、フレッドは悲しむだろ？」

「……クーレのそういうとこ、僕大好きだよ」

「俺もお前のすぐに察してくれるところ、大好きだぞ」


さりげない気配りが出来るクーレッシュの優しさに、悠利はとても感謝している。口では何だかんだ言いつつも、皆のサポートに回って誰かが辛い思いや悲しい思いをしないように立ち回るのが彼だ。それは、学習では身につかない本来の気質である。


「でもね、一応聞き込み頑張ったんだけど、それっぽい人が見つからないのよねー」

「まぁ、相手の姿形がよく解ってないから仕方ないけど」

「当人を見たら解るけど、口で説明するの難しいのよね……」

「そこは今後、説明出来るように色々磨こうな」

「はーい」


見たものを、記憶にあるまま正確に言葉で伝えるのは難しい。絵心があれば実際に描くという手段が使えるが、そうでなければ言葉で説明するしかないのだ。その為には、語彙力（ごいりょく）や表現力、当人の理解力も必要になる。なかなかに難しい技術なのだ。


「でも、聞き込み調査って本職の皆さんがやってるんじゃないの？」

「やってるだろうけど、相手がある程度の立場のある貴族だった場合、圧力かけられる可能性はあるからなぁ」

「あ……」

「あるだろうなぁって思うんだよ、俺でも」

「世の中世知辛いねぇ……」

貴族と縁遠い庶民であるクーレッシュと悠利では実感は湧かないが、そういうことがあるらしいというのは知っている。偉いヒトというのは、自分の失敗を隠すために変に圧力をかけてくることがあるのだ。正しくは、色々とアレな偉いヒトだが。

とにかく、クーレッシュ達が聞き込み調査をしていた理由は解った。あまり足しにならなくても、何かをしたかったのだろう。

「そんで、その識別用の文字列から誰の持ち物か調べるとっかかりになるのは誰かって聞いてきたのか？」

「うん、聞いたよ。王宮の文官さんなら解るだろうって」

「王宮の文官……」

「なかなか難しいよねぇ……」

カミールに問われた悠利は、昼間に聞いた説明を伝えた。職人側では識別用の文字列を模様として彫り込んだだけで、それが誰に割り振られたか知っているのは王宮の文官なのだ。つまりは、次は王宮の文官もしくはそこに繋がる誰かを探さなければならない。

悠利の説明を聞いて、クーレッシュ達も顔を歪めた。いきなりハードルがどーんと上がった気分だった。庶民の彼らには王宮というだけで随分と遠い。

そんな中、少し考え込んだ後に、カミールは満面の笑みを浮かべてウルグスの肩を掴んで引き寄せた。そして、告げる。

「よし、ウルグス仕事だ。頼んだ！」

「せめて説明しろ！」

「えー、この流れならウルグスの出番だろー。理解しろよー」

「解るかぁ！」

何をどうしろとも言われていないので、ウルグスが怒鳴るのも無理はなかった。今の会話の流れでどうして自分が引っ張り出されたのか解らないのだろう。そんなウルグスに皆は同調していた。横で聞いていても解らなかったので。

しかし、カミールは一人だけ不服そうだった。唇を尖らせて、何で解らないんだよーと言っている。

「まったく、鈍いなぁ。お兄さんに聞いてくれってだけの話じゃん」

「……あ」

「「え……？」」

カミールに言われて何かに思い至ったのか、ウルグスが間抜けな声を上げる。周囲は意味が解らずに首を傾げている。

そんなウルグスを茶化すように、カミールが楽しそうに笑いながら告げた。

「頼むぜ、お坊ちゃま！」

「お坊ちゃま言うな！」

容姿と普段の言動からうっかり忘れてしまうが、ウルグスは育ちの良いお坊ちゃまである。それこそ、お貴族様とも顔を合わせることがあるような、その気になれば礼儀作法もそれなりに出来るようなお家の子である。

そして、今の今まで皆もすっかり忘れていたが、彼の兄は王宮に文官として勤めている。ちなみに父親も。代々王宮の文官を輩出してきたお家の子なのである。ただし貴族ではないが。

とにかく、今の状態で見習い組や訓練生が使える、仮に使ったとしても相手方に警戒心を抱かれるほど大きな動きにならない伝手という意味では、最適だった。

何せ、仮にウルグスが文官をしている兄に会いに行ったとしても、ただ単に弟が兄に会うだけで怪しまれる心配はないのである。むしろ実家に戻るだけと思われる可能性もある。何も怪しくない。

「……該当する行事に兄貴が関わってたかは知らないからな？」

「でもウルグス前に、お兄さんは式典とか行事の雑務をしてるって言ってたじゃん」

「何でお前そんな話覚えてんだよ⁉」

「情報はいつどこで使えるか解らないから、頑張って覚えてる！」

「逆に怖いわ！」

イイ笑顔のカミールに、ウルグスは腹の底から叫んだ。カミールの記憶力はこういうことに関しては素晴らしく発揮される。言った本人が忘れていても、カミールはちゃんと覚えているのだ。情報の重要さを知る商人の息子、怖い。

「と、とりあえずウルグス、お兄さんに聞いてみてくれる？　僕達じゃ、どうしてもとっかかりも何もないし……」

「あぁ、うん。明日聞いてくる」

「ありがとう」

改めて悠利に頼まれて、ウルグスは素直に答えた。彼も、フレッドの役に立つことに否やはないのだ。何せ、寝食を共にした仲なのだから。

そんなわけで、悠利の次の動きはウルグスが情報を持ち帰ってくるまで保留だった。他の面々は、明日も引き続き聞き込み調査を頑張るぞー！　と盛り上がっているのだった。


そして、翌日の夕方。

聞き込み調査組は相変わらず特に得た情報はなく、それでも騒ぎの現場を目撃した人達などには出会えているので、小さな情報は集まっていた。肝心の犯人に繋がる情報はまだだが。

焦ることなく、出来ることを一つずつ。まずは、自分達に出来ることを一生懸命頑張る。そんな風に勝手に動いている悠利達を、アリーは特に咎めなかった。ただ一言「危ない真似はするなよ」と言っただけである。

リーダー様が何を懸念しているのかは、皆にも解っている。なので、安全にはきっちりと気を配って動くことを約束していた。それに、クーレッシュ達の作戦が功を奏したのか、周囲には完全にゲームだとしか思われていなかったのだ。レレイの説得力が凄かったのかも知れない。

そんな中、皆の視線が集中しているのはウルグスだった。あまりにも真剣に仲間達に見られているので、若干緊張しているらしい。居心地が悪そうに何度も座り直している。

「それじゃあウルグス、報告をお願いして良いかな？」

一同を代表して悠利が水を向ける。ウルグスはこくりと頷（うなず）いて、持ち帰った情報を口にした。

「兄貴に聞いて、持ち主が誰かは解った」

その一言に、ぱぁっと皆の顔が輝く。犯人に繋がる決定的な証拠だ。しかし、これで大きく前進するぞ！　と盛り上がる皆とは裏腹に、ウルグスの表情は渋かった。

「ウルグス、どうしたの？」

「解ったは解ったんだけど、……相手は伯爵家の人間なんだよ。仮に俺らが金ボタン持っていっても門前払いを食うだろうし、どこかに呼び出すとか出来る相手でもないだろ」

「「……あ」」

そこは考えてなかったと、何人かが間抜けな声を上げた。確かにその通りだった。相手の正体は解ったが、庶民の冒険者、それもまだ見習いとか駆け出しとかの若手が押しかけても、マトモに相手にしてもらえるとは思えなかった。

「ここまで解ったんだし、後はアリーさんにお任せするとかは……？」

「相手がリーダー達の動きを見張ってるっていうなら、それをした瞬間に証拠隠滅狙って動きそうだよなぁ……」

「えーん、カミールが苛（いじ）めるー」

「苛めてないだろ⁉」

冷静に分析しただけなのに！　と憤慨するカミール。わざとらしく泣き真似をしている悠利。一気に空気が砕けたいつものそれに戻るが、状況が全然よろしくないことは皆にも解っていた。なんてこったい。

証拠は見つけた。多分その人物が犯人だと思う。しかし、会いに行っても門前払い、呼び出しに応じてもらうのも不可能。あげく、頼れそうなアリーを動かした瞬間に敵の警戒レベルが跳ね上がる。八方塞（はっぽうふさ）がりだった。

若者達が額を突き合わせてあーでもない、こーでもないと唸（うな）っていると、不意に上品な笑い声が聞こえた。冒険者の集まりである《真紅の山猫（スカーレット・リンクス）》でこんな風に笑う女性は二人だけだ。

その一人、人魚族の吟遊詩人イレイシアは、自分じゃないと言うように首を左右に振った。彼女でないのならば、笑い声の主が誰なのかは簡単に解った。

「ティファーナさん、どうかしましたか？」

一同を代表して問いかけたのは悠利だった。呼びかけの通り、そこにいたのは今日も麗しい指導係のお姉様である。怒らせたらとてもとても怖いが、普段の彼女はおっとりとした雰囲気の優しいお姉さんである。

そのお姉さんは、穏やかな笑顔のままで口を開いた。

「皆さん随分と頑張ったようですからね。ここは私も一肌脱ぎましょう」

「「え？」」

うふふ、と上品に微笑んで口元に人差し指を立てるお姉さん。内緒ですよ？　みたいな仕草だった。何のことやらさっぱりである。

困惑している一同を見回して、ティファーナは表情を変えた。今度のそれは真剣なもの。真面目な話をするときの凛とした眼差しで見つめられて、皆は思わず居住まいを正した。

「この短期間でよくぞそこまで手掛かりを見つけました。その情報、私がしかるべき方にお伝えして、件の人物を誘き出していただきましょう」

「そんなこと、出来るんですか……？」

「ええ。あまりお手を煩わせたくはありませんが、事が事です。きっと、閣下も喜んで協力してくださいます」

迷惑をかけることに少しだけ申し訳なさそうにしながらも、ティファーナの言葉に迷いはなかった。その相手を信じているのだと解る言葉だ。いったい誰のことだろうと皆が首を傾げる。

その中でただ一人悠利は、今の呼称で思い当たる人物がいたので、声を上げてしまった。

「閣下って、あのとっても素敵な紳士のお爺さんですか！」

「あら、ユーリは覚えていたんですね。ええ、その閣下です。丁度王都に滞在していると連絡がありましたし、近々ご挨拶に伺おうと思っていたんです。渡りに船ですね」

「……わー、何というタイミングの良さ……」

悠利は閣下がどういう人なのかは知らない。ティファーナと親しい、彼女と建国祭を一緒に回った老紳士という事以外は何一つ知らない。強いて言うなら、その物腰や立ち振る舞いから、やんごとなき身分のお方であろうなぁと思っていただけで。

思わぬところから、思わぬ強力なカードが降ってきた。何という幸運！　と悠利達は大いに盛り上がる。手詰まりだと思っていたところに、大逆転の目が出てきたのだから、そりゃ大騒ぎにもなるだろう。

それを少し離れた場所で眺めながら、アリーとブルックが小声で呟いたことなんて、彼らは何一つ気付いていなかった。だって騒いでいたから。

「どう考えても悠利の幸運が仕事をしたやつだろ……」

「俺は直接会ったことはないが、ティファーナが言う閣下なら、あの方で間違いないんだな？」

「間違いない。他の相手をあいつは閣下とは呼ばない。……何で今いるんだってぐらいのタイミングの良さだ」

「ユーリの幸運はもはや、強運と呼んでしかるべきだな」

「まさかこんな方向で仕事するとはなぁ……」

当人が危ない目に遭わない的な意味合いの幸運だと思っていたら、まさかの望んだ何かを引っ張り寄せる方向でも仕事していたという衝撃の事実である。勿論、確たる証拠はない。ないのだが、悠利の幸運体質を知っている二人としては、そうとしか思えないのだった。

そもそも、ティファーナの言う閣下は、建国祭が終わったので領地に戻っていた筈だ。それがたまたま、本当にたまたま、何かの用事で王都にやって来ていたタイミングと今回の事件が重なるなんて、凄まじい確率である。普通は有り得ない。

けれど、その有り得ないを引っ張り出すのが悠利の幸運だろうと二人は思っている。今までも、何だかんだと妙なところで凄まじい引きの良さを発揮しているのを見てきたので。

そんな保護者の考察などまったく知らず、悠利は嬉々としてティファーナに手に入れた情報を伝えていた。そのまま、金ボタンも渡そうとする。

しかし、それは他ならないティファーナの手で止められた。

「それは大切な証拠です。貴方が大切に保管して、当日に直接相手に渡してください」

「……そういうの、出来るんですか？」

「閣下でしたら、お膳立てを整えてくださる筈です。最後の見極めは、貴方とアリー、そして、相手の顔を覚えているヘルミーネで行うべきでしょうしね」

「了解です」

「解りました！」

美人のお姉様より大役を仰せつかった悠利とヘルミーネは、二人でしゅぱっと敬礼みたいなポーズを取った。お子様な悠利と、ふわふわした愛らしい美少女のヘルミーネなので、そういうポーズを取ってもどこか可愛らしい。

しかし、二人とも真剣だった。戯けてみせたものの、その瞳は真剣に輝いている。やっと犯人に手が届きそうなのだ。やる気も出るというものである。

今後についてはティファーナが閣下と相談してから日時などを決めるので、ひとまず悠利達の肩の荷は下りた。ゆっくりと、けれど確実に解決に近付いているとあって、わいわいがやがやと会話する皆の空気も明るい。

その中で、悠利はふと思い出したようにウルグスを呼んだ。悠利には、気になることが一つだけあったのだ。

「どうかしたか？」

「あのさ、お手伝いをお願いしたお兄さん、大丈夫？」

「大丈夫って、何が？」

「その、変に目を付けられたりとかしないかなって……」

心配そうな悠利に、ウルグスはパチパチと瞬きを繰り返した。そう、悠利の心配事はそれだった。今回、ウルグスの伝手ということで彼の兄に情報を教えてもらおうと頼ったが、そのことで悪目立ちなどをしていないか心配になったのだ。

何しろ、自分達の騒動に巻き込んだようなものだ。これで貴族に睨(にら)まれて仕事に支障が出てしまったとか、危ない目に遭ってしまったら、目も当てられない。

そんな悠利の心配を理解したのか、ウルグスはぽんぽんと悠利の肩を叩(たた)いた。大丈夫だと安心させるような行動だ。

「ウルグス？」

「心配してくれてありがとうな。でも、大丈夫だ。兄貴の話じゃ、今回教えてもらった情報は誰でも見られる程度のものだから、調べたところで目立つこともないってさ」

「本当？」

「本当。兄貴はその辺で嘘は吐かない」

「そっか。良かった」

それなら安心だと、悠利はホッと息を吐いた。仲間の身内に危ない橋を渡らせるのは普通に嫌だし、そんなことをしたと知ったらフレッドが悲しむことも解っている。そうでなくて良かったと思うのだ。

後は、ティファーナが手はずを整えてくれるのを待つだけだ。自分達に出来ることは全部やった。残るは最後の仕上げのみ。賑やかに騒ぐ仲間達を見つめながら、悠利はそっと拳を握った。絶対に犯人を捕まえてみせると決意して。

その決意に応えるように、悠利の足元にいつものように控えていたルークスが、真剣な顔でコクリと頷くのだった。……なお、誰にも気付かれていない。出来る従魔は一人で勝手に何かを決意したらしい。

決戦の日に向けて、静かに闘志を燃やす悠利とルークスなのでありました。……何も起こりませんように。

ごくり、と悠利は生唾を飲み込んだ。ガラにもなく緊張しているのには、一応ちゃんとした理由があった。
ティファーナが己の伝手である閣下と呼ばれる老紳士に頼んで準備してもらった会場は、王都に

ある閣下の邸宅であった。閣下なんて呼ばれる人だから偉い人だろうと思っていたので、お屋敷が立派なことぐらいでは悠利だって別に驚かない。

いや、お貴族様のお屋敷にご招待されることなんてないので、勿論それなりに緊張はする。しかし、今緊張しているのはそれとは別の理由からだった。まぁ、ある意味同じ理由でもあるのだが。

「……ねぇ、ヘルミーネ」

「……何よ」

「お貴族様のお屋敷って、大きさもだけど、確か、お城からの距離が立場に影響するって話だったよね……？」

「……そうよ」

「……だよね？」

自分の付け焼き刃の知識が間違っていないことに、悠利はちょっと安心した。安心したけれど、問題は何も解決していなかった。余計に現実が重くのしかかる。

王都ドラヘルンにある貴族達の邸宅は、王城からどれだけの距離にあるかで力関係が目に見えて解るようになっている。それは単純に力が強いとか、家柄が良いとかの意味ではない。王城からの距離が近いのはすなわち、王家からの信頼の証である。

爵位がそこまで高くなくとも、代々王家に忠実に仕え信頼を得ている家は、随分と近い場所に屋敷を構えている。逆に、爵位は高く力もあるが、それ故に警戒される立場にある家の屋敷は少し王宮から離れていたりする。安全上の理由であり、対外的に王家との距離を伝えるものでもある。

……なので、時折お引っ越しがあったりするらしい。悠利達はよく知らないし、近年はあまりそういった大きな動きはないらしいが。

とりあえず、悠利とヘルミーネが座学で学んだちょびっとの知識から判断して、お城から近いお屋敷イコール王家に滅茶苦茶信頼されてる凄い人のお家、という構図が成立する。まぁ、多分間違ってない。

そこを踏まえて、二人はそっと窓の外を見た。大きな窓だ。窓枠の飾りも美しく、取っ手部分にも装飾が施されている。窓だけで幾らするんだろうと思うような造りである。

二人が気にしているのは窓の凄さではない。いや、お貴族様のお屋敷の豪華な家具とか調度品とか装飾とかが凄いとは思っているが、それは横に置いておく。彼らが緊張でガチガチになっているのは、窓から見えるでーんと大きなお城にあった。

「……ほぼお隣さんだね」

「……そうね、ほぼお隣よね」

「庭と城壁があるから距離は多少あるけど、何かこう、お隣さんっていう距離だよね」

「うん」

二人は顔を見合わせて目で会話をした。こんな距離にお屋敷を建てることを許されている閣下って、一体何者なんだろう、と。そして同時に思った。怖いから知りたくないな、と。

彼らは二人とも小市民だった。偉い人と積極的に関わりたいわけではない。むしろ色々と怖いので、知らなかったフリをしていたいぐらいだ。

しかしそんな彼らのささやかな願望を、隣に控えていたアリーがさっくり裏切ってくれた。いや、アリーは悪くないのだ。ただご挨拶をしただけなのだから。

「お久しぶりです、前辺境伯閣下。この度はご助力いただき、誠にありがとうございます」

「久方ぶりだね、アリー殿。こちらこそ、有益な情報をもたらしていただいて感謝しているよ。この老いぼれが役に立てるならば、いくらでも協力するとも」

「恐れ入ります」

大人な会話を交わしているアリーの背後で、悠利とヘルミーネは顔を見合わせ、声にならない声で「辺境伯って言った！」と叫んでいた。声は出していない。騒いだら失礼になることぐらいは理解している。

ただ、衝撃が凄まじかった。正しくは前辺境伯だが、そんなことは二人にはどうでも良い。偉いお貴族様だと思っていたら、まさかの辺境伯家の方だったとか、衝撃的すぎる。二人にしてみれば雲の上の人だ。

ざっくり言うと、辺境伯とはこの国において国境沿いの重要拠点を統治する家柄のことである。特に、地理的に重要とか、侵略を狙うような敵対者がいる地方に置かれることが多い。名称こそ伯であるが、実務権限などはほぼ侯爵に近く、王家の信頼も厚いエリート貴族様である。

その名の通り領地は王都から遠く、当主が顔を出すのも年に何回かの行事の折などに限られる。他の貴族家とは異なり、社交シーズンに顔を出すことも少ないが、存在感だけは常に保ち続ける国の要石の一つとも言えた。

まぁ、そんな難しいことを考えずとも、とりあえず「王家の信頼も厚い物凄く偉い人」ということが解っていれば良いだろう。庶民の悠利達の認識はそういうものである。

そして、そんな偉い人と同じ空間にいるという事実に、二人はちょっと緊張していた。粗相をしてはいけないとガチガチである。主の緊張が伝播したのか、ルークスもちょっとしゃちほこばっていた。

そんな二人の肩を、ぽんぽんと優しく叩く手があった。ティファーナだ。

「二人とも、そんな風に緊張しなくても大丈夫ですよ。閣下はお優しい方ですから」

「てぃ、ティファーナさん、で、でも……」

「だ、だって、今、辺境伯って……」

「はいはい。それは確かに事実ですけれど、閣下はもう引退されていますし、よほどの無礼でなければお怒りになりませんよ」

「「そのよほどの無礼をしそうなんですが……!」」

だって正しい礼儀作法なんて解らないもん！　と悠利とヘルミーネは必死に訴えた。物凄く切実だった。こんなところで無礼討ちなどされたくない。うっかり保護者に迷惑をかけるようなことはしたくないのだ。

うえーん、偉い人怖いよー、みたいになってる二人を、ティファーナは仕方ないわねぇと宥めてくれる。優しいお姉さんにぎゅーっと抱き締められて、その心臓の音を聞いてちょっと落ち着く悠利とヘルミーネだった。

その光景に、アリーは疲れたようにため息を吐いた。同じ部屋でやっているのだから、二人があたふたしているのも閣下には丸見えである。ちょっとは落ち着けと小言が口をついて出たのも仕方あるまい。

しかし、閣下の方は子供二人のあたふたを微笑ましく受け止めてくれたらしい。ティファーナに抱き締められたままの二人の下へ歩み寄ると、優しい声で話しかける。

「初めまして。君達がティファーナ嬢の話にあった確認役だね？　どうぞよろしく」

「ゆ、ユーリです！」

「ヘルミーネです！」

「『よろしくお願いします！』」

元気よく挨拶をした二人だが、頼るものを求めるようにティファーナにひしっとしがみついたままだった。あらあらと楽しそうに笑うティファーナの笑顔に、閣下も柔らかく笑ったままだった。

局地的にほのぼのである。

そんな中、それまで主の緊張が伝播したのかカクカクしていたルークスが、キリッとした瞳のまま頭を下げた。深々とお辞儀をするスライムに、老紳士は目を丸くする。

「キュピ！」

お辞儀から元の姿勢に戻ったルークスは、何やら決意を固めたような瞳で老紳士を見上げていた。この場にはアロールがいないので誰にも通訳は出来ないが、その瞳から何となく通じるものがある。この愛らしいスライムは、任せてくれと言っているようだった。

「……ユーリくん、こちらは君の従魔だと伺っているけれど、何を伝えたいのだろうか？」
「僕も、全部は解らないんですが、あの……、多分……」
「……？」
「……犯人を捕まえるのを任せてくれ、みたいな感じなんだと思います」
「何と……」

悠利の説明に、ルークスはその通りだと言いたげに身体を上下に揺すった。ルークスにとってはフレッドも大事な大事な庇護（ひご）対象である。また危ない目に遭ったのだと知っているので、その犯人は絶対に逃がさないぞ、みたいになっているのだ。

老紳士が驚いたように目を見張るのも当然で、普通のスライムはそんな風に理知的な思考を持っていたりはしない。勿論（もちろん）スライムにも様々な種族がいるのだが、ルークスぐらいのサイズのスライム達はそこまで知能は高くないのだ。

……ルークスは超レア種の更に変異種でこのサイズなだけなので、一般常識は当てはまらないのである。

ルークスは規格外ではあるが、《真紅の山猫（スカーレット・リンクス）》の面々はもうそれに慣れている。慣れていない老紳士の反応が気になるところであるが、流石は辺境伯を務めた御仁であった。彼は、穏やかに微笑んでルークスの頭を撫（な）でた。

「それは頼もしい。では、容疑者を迎え入れた際には、逃亡せぬように見張りを頼もうか」
「キュイ！」

任せてくださいと言うように、ルークスはぽよんと跳ねた。愛らしい姿に、並々ならぬ決意が宿っている。……ルークス相手にも丁寧な物腰の老紳士に、悠利とヘルミーネはちょっとだけ緊張が解けた。怖い人じゃないかもしれない、と。

いや、悠利は老紳士が人当たりの良い優しい方だというのは知っている。建国祭を一緒に回るためにティファーナを迎えに来たときに会話をしているからだ。だがそれでも、相手が大貴族だと解ってしまいちょっと身構えてしまったのだ。庶民なので仕方ないのです。

「それでは、手はずを説明しても良いかな？」

「「はい」」

「もう少ししたら例の伯爵が我が家へやってくることになっている。君達には隣室から様子をうかがってもらうことにしよう」

こちらだよ、と老紳士に案内されて、一同は隣の部屋へと移動した。今までいた部屋は応接室らしい。その隣にあったのは、屋敷の使用人の控え室なのか小さな部屋だった。

一つ気になる点があるとすれば、隣室との境界である壁に大きな大きな鏡があることだ。巨大な窓と言っても良い。一列に皆が並んでもまだ余るぐらいの長さだ。

その鏡を固定している額縁の飾りを、老紳士はそっと触った。……次の瞬間、鏡は鏡ではなくなった。それはまさに、窓だった。

「……え？」

「な、何で向こうの部屋が見えちゃうの……!?」

「あらあら、面白いですわね、閣下」

「なるほど……。これなら思う存分確認出来るな」

「心配しなくとも、向こう側からは見えないよ」

にこにこ微笑む老紳士。そういう問題だろうかと思う悠利とヘルミーネだが、大人二人は物凄く納得していた。貴族様のお屋敷なので、そういう仕掛けの一つや二つあっても驚かないということだろう。

衝撃から立ち直るのが早かったのは、悠利の方だった。混乱しているヘルミーネをよそに、ふむふむと一人で納得している。何せ、似たようなものを悠利は知っているのだ。そう、いわゆるマジックミラーだ。

片側からは向こう側が丸見えで、片側から見ると鏡や壁にしか見えない、というアレだ。異世界にもそういうのあるんだなぁと一人感心している悠利だった。なお、その足元でルークスはぴょんぴょん飛び跳ねては鏡であった物体を確認している。……小さなルークスでは飛び跳ねるか伸びるかしないと見えないのである。

「それでは、私は客人とお茶を楽しむことにするので、皆さんには仕事をお願いします」

「「はい」」

「承知しました」

作戦の決行をゆるりと告げる閣下に、悠利とヘルミーネは精一杯厳かに返事をし、アリーは恭しく頭を下げた。自分達の仕事がどれだけ重要かを、彼らは確かに知っているのだ。

そんな風にシリアス一色に染まった空気を、ティファーナの柔らかな声が塗り替えた。

「閣下、後ほど私ともお茶をしてくださいね」

「勿論だよ、ティファーナ嬢。今日は妻もいるのでね。君を帰したら私が怒られる」

ではまた後で、と笑顔で去っていく老紳士。何で今そんな会話したの？　みたいな視線を向ける悠利とヘルミーネに、ティファーナは戯けたように笑ってみせた。

「二人とも、今から緊張していては疲れますよ？」

「……あ」

「……はい」

なるほど、自分達の緊張をほぐすためでもあったのか、と悠利とヘルミーネはこくりと頷いた。

確かに、相手が来ないと話にならない。来るまでは暇である。

とりあえず暇だから雑談でもしていいようという感じで過ごしていた悠利達は、隣室に客人を案内する旨を使用人から伝えられた。そこで、わいわい話すのを止めて、会話は小声に留めた。勿論ルークスも大人しくしている。

窓のようになった巨大鏡の向こうに、身なりの良い男性が部下を何人か連れて入ってくる。あの日と服装こそ違うが、背恰好は悠利の記憶にあるヘルミーネにぶつかりそうになった男性と似ているように思えた。

相手の顔は覚えていると言ったヘルミーネの反応はどうかと視線を向けて、悠利はすぐに視線を前方に戻した。戻したけれど、隣から漂ってくるオーラは消えなかった。

「……ここで会ったが百年目よ……」

大声を出すわけにはいかないので静かだが、その分怒りを煮詰めてどす黒くしたような声だった。愛らしい美少女の美しい声で告げられるには物騒なセリフである。というか、そんな言い回しをどこで覚えてきたんだろうと悠利は思った。

思ったけれど、ヘルミーネは羽根人だ。人間の約三倍の寿命を持つと言われる種族なので、彼女達の中では百年は意外と普通に使う年数なのかもしれない。

とりあえずヘルミーネの反応から目当ての人物で間違いないと理解した悠利は、アリーに視線を向けた。見たままを、素直に伝える。

「アリーさん、赤です」

「遠慮なく確認しろ」

「はい」

悠利がアリーに許可を求めたのは、やはり人物相手の鑑定はプライバシーの侵害になるからである。例外とされているのが赤判定の出た相手だ。これは危険人物という意味なので、安全のために確認することを許されている。

アリーの方も【魔眼】で相手の素性を確認しているらしい。ぶつぶつと、身分だの所属だのについて呟(つぶや)いている。悠利の方はその辺には興味がまっっっったくないので、欲しい情報だけが見られるように念じて【神の瞳(ひとみ)】を発動させた。

その鑑定結果はというと――。

――備考。

ヘルミーネとぶつかって金ボタンを落とした人物です。

また、ぶつかった理由は逃走していたからであり、疑惑の通り襲撃事件の関係者です。

ただし、あくまでも実行犯の一人であり、真の黒幕ではないようです。

詳しく調査して背後関係を洗うことをおすすめします。


今日も愉快に元気にフレンドリーだった。多分一般的な鑑定画面には出てこない文言であるのだろう。しかし悠利には見慣れたいつもの感じなので、なるほどと頷くだけである。

とりあえず、今のところ欲しい情報は全部入っていた。【神の瞳】さんはとても仕事の出来る技能(スキル)である。


「アリーさん、とりあえず実行犯で間違いないみたいです」

「こっちもちょいちょい気になる判定が出てる」

「じゃあ、やっちゃって良いやつですよね?」


悪い人決定ですよね? と満面の笑みを向ける悠利。無邪気な子供の笑顔に見えるのに、背後に何だか色々と背負っているような感じだ。珍しくやる気満々である。いや、この場合は殺(ヤ)る気と言うべきか。

そんな悠利の足元で、ルークスもぽよんぽよんと跳ねながらアリーの様子をうかがっていた。今すぐに出動して良いですか？　みたいな感じである。こっちもスイッチが入っていた。見た目は微笑ましいのに、今は何とも物騒な主従である。

　正直なところ、悠利にもルークスにも、襲撃犯の裏の事情なんてどうでも良いのだ。どこの誰と誰に繋がりがあって、何故フレッドを狙ったのかなんて、別に知りたいわけではない。お友達を攻撃した無礼な相手をとっ捕まえたいだけなのである。

　しかし、大人はそうはいかない。今すぐにでも隣室に移動しそうな悠利の首根っこをアリーは引っつかんで止めた。何でですかー？　と不服そうな顔をする悠利に、ため息を吐いてから説明を口にする。

「閣下がお膳立てしてくださってるんだから、きちんと段取りを踏んでからだ。後、今ここでぶっ飛ばしても何にもならんから、物騒なことは止めろ」

「せめて一発殴りたい、もとい、ルーちゃんに一撃入れてほしいだけなのに……」

「そいつの一撃だと下手したら致命傷になるだろうが」

「ルーちゃんは手加減だって上手ですよ」

「そういう問題じゃない」

　ちょっと落ち着けと言われて、悠利はぷぅと頬を膨らませた。その背後でヘルミーネも同じような仕草をしていた。こちらもこちらで、一発ぶん殴りたかったらしい。物騒が増えている。

　とはいえ、説明されてちゃんと理解はしたので、使用人を通してこちらの確認が終わったことを伝える。当初の手はず通り、まずは金ボタンをお返しするのだ。悠利は学生鞄から金ボタンを取り出して、ぎゅっと握った。

使用人に招かれて、悠利とヘルミーネは隣室へと移動するために一度廊下へ出ることになった。ここから直接行けるのだが、あえて廊下側の入り口から入る方が角が立たないだろうということだった。何せ、この部屋は明らかに控え室っぽいので。

なお、ティファーナは特に関係がないので待機が妥当なのだが、アリーも残ることに悠利は首を傾げた。一緒に来ないんですか？　と顔に出ている。

「俺の顔は知られてるから、出ていったら警戒されるだろ」

「なるほどです」

確かにその通りだなと納得出来たので、悠利は頷いた。行ってきますとヘルミーネと笑顔で移動する。勿論、悠利の忠実な護衛であるルークスも一緒にだ。見た目はただの可愛いスライムなので、一緒にいたとしても警戒はされないだろうという判断だった。

唐突に使用人に案内されて室内に入ってきた悠利とヘルミーネの姿に、相手は不思議そうな顔をした。何だこの子供はと言いたげである。その疑問は、柔らかな笑みを浮かべた老紳士が解いてくれる。

「この子らは、貴殿の落とし物を拾ったので渡したいそうなのだ。ただ、貴殿に会う方法が解らず、知り合いの伝手で私を頼ってくれたのだよ」

「それは、閣下にはお手間を取らせてしまい……」

「良いのだ。隠居の年寄りにしてみれば、たまの面白い事件だよ」

微笑む姿は優しいのに、その奥底にひやりとするものを感じ取った悠利だった。それは裏事情を知っているからだろうか。男は特に何の反応も示していなかった。

目線で促されて、悠利は一歩前に出て手の中の金ボタンをそっと差し出した。

「数日前、彼女とぶつかりそうになったときに落とされたものです」

「……ぶつかりそうになった？」

「はい。私の鞄の紐と袖口が絡んで、引っぱられた際に落ちたのだと思います」

悠利もヘルミーネも、友好的な雰囲気を出す。相手の尻尾を掴むまでは敵意を向けてはいけないのだ。その証拠のように、ヘルミーネは申し訳なさそうな顔を作って続ける。

「こんな立派なボタンを、私の鞄の紐と絡まったせいで落とされてしまって……。どうしてもお届けしてお話ししなければと、こんな形を取らせていただきました。申し訳ありません」

そっと伏し目がちに告げるヘルミーネの姿は、その愛らしい容姿とあいまってどこまでも儚く見えた。というか、完全に別人だった。いつもの威勢の良い小悪魔ちっくなお嬢さんはどこに行ってしまったのだろうか。これではまるで儚げ美人なお嬢さんイレイシアのようである。

ちなみに、これは、悠利の知らないところでティファーナが行った演技指導の賜物である。ヘルミーネの外見は羽根人らしく金髪青眼で愛らしい。線も細く、表情や仕草、口調をそれなりに変えてみせれば、控えめで儚げな清楚美少女のフリぐらいは出来る。

大抵の男はこういうのに弱いものですから、と上品に微笑んだお姉様のご指導通りに、ヘルミーネは頑張っていた。本当なら「そっちのせいで転けそうになったんですけど！」と恨み節をぶつけたいぐらいなのだ。しかしそれを今やるのは下策だと諭されたので、腸が煮えくり返る思いをしながらも、反省している儚げ美少女のフリをしている。

それを隣で見ている悠利は、（誰だろう、コレ……）と一瞬思ったが、すぐに気を取り直した。多分何かの作戦なんだろうなと考えたのだ。一応空気は読んだのでした。

「いや、わざわざ届けてくれてありがとう。しかし、そんなことがあったかな……？」

惚けているのではなく、本気で解っていないらしい。それぐらいあの日はいっぱいいっぱいだったのだろう。困ったように笑うヘルミーネの傍らで、悠利はにこにことしたいつもの笑顔のままで正面突破の一撃を投げつけた。

「ええ、まるで大慌てでどこかから逃げていくように走っていかれましたけれど」

「……ッ」

「そういえばあの日は、少し前に近くで何か騒動があったようなんですが、何かご存じですか？騒ぎがあった方から、血相を変えて走ってこられたように思うのですが」

穏やかな笑顔だが、悠利の言葉は刺々しい。男はさっと顔色を変えた。だが、それは一瞬のことだった。すぐに取り繕った表情で言葉を告げる。

「さて、どうだったかな……。騒動があったことは存じているが」

惚けるような男の言葉に、悠利は表情を変えた。というか、笑みを消した。その隣のヘルミーネも同じくだ。部屋の空気が冷える。

「そんなに彼が邪魔でしたか？　どなたかの手先になって、自分の子供のような年齢の相手を襲撃するほどに」

「無礼だろう！」

「確かに彼の物言いは無礼に聞こえるかもしれないが、疑われるだけの状況を作っているのは事実だろうねぇ」

「閣下⁉」

やんわりと割り込んだのは老紳士の声で、ひらり、と紙束をちらつかせる。そこにはびっしりと文字が書かれている。何かの調査書のようだった。

「これはね、例の騒動があった日の貴殿の行動を調べたものだよ。彼の仲間達が足で稼いだ、自分達で見聞きして集めた情報なのだけれどね」

「閣下、そのような」

「子供の戯言と片付けるには、随分と詳しい情報でね。……あの日、貴殿はあの場所に招かれていなかった。だというのに、周辺を数日前からうろうろする貴殿や、貴殿の家の者の姿があったというのだよ。どういうことかな？」

「閣下、誤解です」

否定する男に、閣下は首を傾げる。笑っているのに冷え切った雰囲気が隠せていない。まるでどこかの誰かを怒らせたときみたいだと、悠利とヘルミーネは思った。

閣下の手にある調査書は、見習い組と訓練生の若手達が集めた情報だった。ウルグスの兄のおかげで相手の名前が解ったので、そこからは聞き込み調査が順調に進んだのだ。相手の姿形や顔が解れば、具体的な説明が出来るので聞き込みも捗る。ついでに、家人も含めて調査したら、何だか怪しい動きが見えてきたのだ。

普段ならば、別に怪しくなかっただろう。だが、騒動が起きたことによって、その行動に怪しさが追加されてしまったのだ。そういう意味では、皆は割と良い仕事をしたと言える。

それでもまだ言い逃れをしようと言葉を重ねている男を見て、悠利は静かな声で告げた。

「少しでも能力の高い鑑定持ちに確認してもらえば、貴方が襲撃の関係者であることは露見しますよ。鑑定封じの道具をお持ちのようですけれど」

「……ッ!?」

「鑑定封じの道具を持っているのかね？」

「はい。アクセサリーに見せかけて。ただ、僕にもアリーさんにも、あんまり効果はありませんけど」

「なるほど」

老紳士は静かに頷いた。鑑定を完全に封じることは難しい。だが、見えにくくすることは出来る。そもそも、鑑定能力者の力量によって見える情報が異なるのだ。そして、それを逆手に取った道具があるということを、悠利は今日、初めて知った。

しかし、口にした通り、悠利にもアリーにもまっっったく効果がない。鑑定系最強チートである【神の瞳】さんを遮れるものなどこの世には存在せず、【魔眼】の技能レベルがＭＡＸ（隻眼で半減しているとはいえ、カンストボーナスのおかげで並の【魔眼】持ちより遥かに上）のアリーを誤魔化すことも出来はしない。鑑定だけで納得出来ないというなら、状況証拠と併せて調べてもらえば良いだけである。

「何なのだ、貴様は……！」

逆上した男が悠利に掴みかかろうとする。ヘルミーネが咄嗟に悠利の腕を引いて庇おうとするが、それより早く動いた影があった。

「キュピー！」

「ぐは……ッ⁉」

うちのご主人様に何をするんだ！　と言わんばかりの一撃だった。むしろ今まで大人しくしていたのが、ちゃんと空気を読んでいて偉いと言える。ルークスは賢いスライムです。

主が吹っ飛ばされて部下の男達が動こうとするが、それもまとめてべしべし叩いて吹っ飛ばすルークス。相手を全員気絶させて、フンッと鼻を鳴らすような仕草をしていた。大人しくしていたが、やっぱりご立腹はご立腹だったらしい。

「ルーちゃん、ありがとう」

「偉いわよ、ルークス」

「キュイキュイ」

お礼を言われ、褒められ、まんざらでもないと言いたげな反応を見せるルークス。小声でヘルミーネが「ついでにもう一発ぐらいやっちゃったらどうかしら？」なんて物騒な提案をしたので、真剣な顔で検討していた。

そんな愛らしいけど物騒な子供達の姿を微笑ましく見た後に、老紳士は口を開いた。

「やれやれ、どこまでも見苦しいものだねぇ。誰か、人の屋敷で暴れた無礼者を突き出す準備を。こちらの書類も添えてな」

「「はい」」

パンパンと手を鳴らせば、心得たように使用人がやってくる。気絶した男達は拘束されて連れて行かれてしまった。実にテキパキとした動きである。流石は前辺境伯閣下のお側に仕える者達だ。動きに無駄がない。

とりあえずこれでお仕事終わりかなーとなっている悠利の頭を、わしゃっと大きな掌が撫でた。いつの間にか隣室からアリーがやって来ていたらしい。

「アリーさん、これで何とかなりそうですか？」

「まぁ、あいつらが集めた情報と閣下の口添えがあれば、周囲も動くだろう」

「それなら良かったです」

今回は頑張りました！　みたいな空気を出す悠利。アリーはその頭をもう一度、わしゃわしゃと撫でた。褒めるように。

決定的な証拠などは、これからの調査で探してもらえば良いのだ。それは悠利達の仕事ではない。そもそも、今回のことだって、別に悠利達の仕事ではないのだ。ただ、大事な友達のために何かがしたかっただけで。

「フレッドくんも大変ですよねぇ」

「そうだな」

こんな風に暢気(のんき)に言うようなことではないのだが、悠利には他に単語が見つからなかった。大変だなぁとしか言えないのだ。自分が何かをやったわけでもないのに、変なことに巻き込まれてしまうお友達を思って、ちょっとはお役に立てたかなぁと思うのだった。

その後、国王の信頼厚き前辺境伯閣下の口添えという強力なカードと共に情報が提供された結果、実行犯含め背後関係も徹底的に洗われ、幾つかの貴族家が処罰を受けたのでした。因果応報です。

閑話一　打ち上げはおもてなしご飯で

「どうぞ、皆さん遠慮なく食べてくださいね」

穏やかに微笑んで告げられたフレッドの言葉に、一同はぱぁっと顔を輝かせた。特に食べ盛りの見習い組とか、大食いのレレイの反応が顕著だった。目の前にでーんと並ぶ美味しそうなご飯を、好きなだけ食べても良いだなんて、彼らにしてみれば楽園みたいなもんである。

ここは、王都の貴族区画のとあるお屋敷。誰のお家かは知らないが、とりあえずフレッドがこのお家の関係者で、ここで自分達にお礼としてご馳走(ちそう)を振る舞ってくれるらしい、ということだけ解っていれば十分だと皆は思っている。少なくとも、今、ご馳走に目がくらんでいる面々はそんな感じだ。

大人組は色々と察した上で口をつぐんでいるが、美味しそうなご馳走には喜んでいるようだ。フレッドの事情を何となく把握している悠利とヤック、マグの三人は、特に何かを気にしたそぶりは見せなかった。そんなことより、大事な友達が元気そうで安心したという方が勝っている。

今日のこの場は、襲撃事件の犯人を突き止めるために頑張ってくれた悠利達を労うために、フレッドが開いてくれたものだ。主に頑張ったのは見習い組や訓練生の若手だが、招待されたのは《真紅の山猫(スカーレット・リンクス)》の全員だった。

というのも、大人組は何も好きで動いていなかったわけではない。アリーやブルックが動けば相手の警戒心を煽ってしまうし、大人組が率先して動けば何かあったのかと思われる。結果として、ゲームと称して情報収集が出来る若手や子供達が適任だっただけなのだ。

ただし、情報収集のやり方のポイントや、困ったときの相談先として大人組はちゃんと仕事をしていた。アジトの中で協力する分には外から見えないので、全力でバックアップをしてくれていたのだ。

そのバックアップには、日々の訓練の時間をちょっと減らすとか、見習い組や悠利が担っている家事をそれとなく手伝うなども含まれる。そのおかげで作れた時間で皆が動けたのだ。これも立派なバックアップである。

その辺の諸々の事情も考慮して、フレッドは全員を招待してくれたらしい。皆を迎え入れたときに、「この度は皆さんに大変お世話になりました。ありがとうございます」なんて言ってきたぐらいだ。

勿論、悠利達の返事は「無事で良かった！」の一択なのだが。フレッドが無事で、悪い奴が捕まったならそれで十分である。別に見返りなんて求めてはいないので。

見返りなんて求めてはいないのだが、美味しいご馳走は大歓迎という現金な一同。まぁ、仕方ない。美味しいは正義である。しかも、普段は食べられないようなプロの料理人さんが作るお料理である。テンションが上がっても仕方ないのだ。

「あのさ、フレッドくん。一つだけ良いかな……？」

「何ですか、ユーリくん」

並んで食事をしているフレッドに、悠利はこっそりと声をかけた。会場は立食式で、沢山のテーブルの上に美味しそうなご馳走と、側には給仕の人が控えている。そこで取り分けてもらった料理を幾つかある飲食用のテーブルで立ったまま食べる、というやつである。

テーブルは別に誰がどこで食べても良いようになっており、取り分けた料理に近い場所のテーブルで食べる者が大半だ。悠利達もその例に漏れない。美味しそうなご馳走を大皿に盛りつけてもらって、のんびりと食べている。

さて、そんな悠利が食事を中断してでもフレッドに言いたいことはというと——。

「遠慮なく食べてって言ってたけど、大丈夫……？」

物凄く真剣な顔だった。仲間達の食欲を理解している悠利だからこそ、である。遠慮なく食べて良いなんて言われたら、ブレーキを取っ払って思いっきり食べまくる面々しかいないのだ。どうしても心配になる。

あまりにも真剣な顔で悠利が言うものだから、フレッドは思わずぱちくりと瞬きを繰り返した。そこまで念押しされることだろうか、と言いたげだ。けれどフレッドが口にしたのは、別の言葉だった。

「大丈夫ですよ、ユーリくん。今日の料理担当者は、ブルックさんの食欲を知っています」

「あ、なら良かった」

悠利はあっさりと納得した。フレッドが以前からアリーやブルックと知り合いなのは聞いている。

そして、ブルックは細身だが健啖家である。というか、胃袋の大きさが規格外である。解りやすく大食いではないのだが、ひたすらに黙々と食べる感じのやつである。

まぁ、時と場合を考えて多少はセーブしてくれるのがブルックお兄さんの良いところである。時と場合を考えても食欲に敗北して突っ走る若手とは違う。……ありとあらゆる意味で。

「ですから、ありがとう。でも、ユーリくんも安心して沢山食べてくださいね」

「うん、ありがとう。でも、僕の食べる量なんてそんなに多くないよ」

「皆さん、よく食べられますからねぇ」

「そうなんだよねぇ……」

流石は身体が資本の冒険者と言うべきだろうか。大量のご馳走を前にしても怯むことなく、むしろ嬉々としてお代わりに勤しむ仲間達を悠利は遠い目で眺めた。一部の小食組を除いて、《真紅の山猫》の皆は本当によく食べるのだ。

まぁ、悠利だって美味しいご馳走は大歓迎だ。それも、自分では作れないような凝った料理がいっぱい並んでいるので、心置きなく堪能させてもらおうと思っている。

「このパイって、中身は何なのかな……?」

「あぁ、それは確か、ブラウンシチューですよ。肉は、えーっと、……エンペラーバイソンだったと思います」

「……名前だけで強そうだし高級そうなお肉だってことは解ったー」

「美味しいお肉ですよ」

にこやかにフレッドが説明してくれる料理の内容に、悠利は遠い目をした。美味しい魔物肉はだいたい強い魔物なのだ。エンペラーとか名前が付いているだけで、十二分に強い気がするし、美味しい気がする。そしてそれをフレッドが肯定してくれた。

フレッドが普段食べているものが厳選された食材で作られていることは、悠利も勿論理解している。だからこそ、このパイの中のシチューは絶品に違いないと確信出来た。

そうと解れば、実食あるのみ！　である。

パイはシチュー入りということもあってか、とりわけやすさを考慮したのか掌ぐらいのサイズだった。具体的に言うと、二口ぐらいで食べられそうな感じだ。作るの大変そう、と一瞬思った悠利であるが、まぁ、職業病みたいなものだと思ってもらいたい。

パイは下手に切り分けようとすると崩れてしまうので、悠利は囓ることにした。ぷすりとフォークをパイに刺して、かぷりと囓る。囓った瞬間に伝わるのはサックサクのパイの食感だ。ほんのりと温かく、バターの旨味がしっかりと感じられる。

続いて、濃厚なブラウンシチュー。使われているのがエンペラーバイソンの肉ということもあって、味わいは高級店のビーフシチューという感じだった。まろやかでありながら肉の旨味がぎゅぎゅっとつまった、何とも言えない美味しさだ。

パイのサイズが小さいから、中の肉も食べやすい大きさに小さく切られている。けれど、ずっしりとした存在感を主張する美味しさは格別だ。じっくり煮込まれているからか、ほろほろと口の中で崩れていくのが何とも言えずに美味しくて、思わず顔が緩んだ。

「お口にあったみたいですね」

「美味しい食材を美味しい料理に仕上げてくれる料理人さんに感謝したいです」

「あははは。普段のユーリくんもそうじゃないですか」

「いやー、僕のはほぼ趣味のお家ご飯だからねぇ」

もぐもぐとシチュー入りのパイを食べながら悠利は笑う。その姿に、相変わらずですねとフレッドは苦笑した。悠利の料理はとても美味しいし、料理技能のレベルも大したものなのだが、当人の認識はどこまでも趣味の延長でお家ご飯なのである。

まぁ、お家ご飯は間違っていない。ただ、料理技能の影響で、クオリティがアホみたいに上がっているだけである。そして、当人はそのことについてあんまり気にしていないだけで。

そんな悠利の下へ、台風のように元気娘が勢いよく走ってきた。手には何かを載せたお皿を持っている。

「ユーリー！　これ！　これすっっっっっごく美味しかった‼」

「レレイ、美味しいのは解ったから、落ち着いてー。ほら、フレッドくんが驚いてるよー」

「あ、ごめーん。あのね、これすっごく美味しかったから、ユーリにも食べてほしいなって思っただけなんだよ？」

「は、はい。大丈夫です。……ちょっとは慣れましたから」

「……うちの元気娘がごめんねぇ……」

テンション高めのレレイの勢いに圧倒されているフレッドに、悠利は小声で謝っておいた。別にレレイに悪気があるわけでもないし、彼女が悪いわけでもない。ただ、フレッドが普段生活している範囲にこういう人種がいないだけである。

そんなレレイが持ってきたのは、ぷるんぷるんと揺れる物体だった。ゼリーみたいな感じだろうか。半球の器に入れて作ったものをひっくり返したらしく、お皿の上でつるりとした表面が輝いている。

「それ、何？」

「解んない」

「……レレイ？」

「何かね、このぷるぷるした部分がスープみたいな味がするの。それで、中に細かい野菜やお肉が入ってるんだよ」

「あぁ、それはスープゼリーですね。澄んだスープをゼリーのように固めたもので、見た目も美しいので色々な形で作られるんですよ」

「だって！」

説明の出来ないレレイの言葉に、フレッドが補足説明をしてくれた。おかげで悠利にも、レレイがわざわざ持ってきてくれた見慣れない料理が何なのか把握出来た。

見知らぬ料理であるが、今の説明で悠利の中でイメージしたのは煮こごりだった。アレは魚などのゼラチン質が固まるのを利用して作るものではあるが、イメージは近いような気がする。

ただし、食べてみた印象は随分と違った。まず、味が優しい。澄んだスープは美しく、口の中に入れると固まっていたのがゆるゆると解けていく。極上のコンソメスープだ。ということは、スープを固めているのに食材のゼラチン質も一役買っているのかもしれない。

具材は細かく切られているので、ゼリー状になったスープのどこを食べても具材に辿り着く。食べたい部分をスプーンで掬って食べられるのが何とも楽しい。つるんとスプーンが入るのだ。

「これ、美味しいねぇ」

「でしょー?」

「でも、どうして僕に持ってきてくれたの?」

「え? だって、ユーリはお肉も食べるけど、こういうやつなら食べやすいかなって思って」

美味しかったでしょ? と満面の笑みを浮かべるレレイ。きょとんとする悠利を残して、レレイはお代わりをしに飛んでいった。美味しいもののお裾分けをしたかったらしい。

「優しい方ですね」

「良い子だよ」

いつだって真っ直ぐで一直線、表も裏も存在しない。それがレレイである。しかし、そんな風に純粋だからこそ、一緒にいて楽しいのだ。

……そして——。

「あたしもお肉食べるー!」

「うわっ!? レレイさんが来たぞ!」

「自分の分の確保急げー!」

「レレイ、お前はもうちょっと待て」

「やーだー！　ラジ、離してー！」

「皆、今のうちに取れ」

「「ありがとうございます‼」」

自分の感情に正直なので、こういうことになる。「お代わりー！」と肉料理に突撃しようとしたレレイは、ラジに襟首を引っ掴まれてジタバタしていた。レレイは猫獣人の血を引いているので人間よりも力がある。しかし、相手は虎獣人のラジ。純粋な力比べではラジの勝ちである。

そして、ラジがレレイを捕まえている間に、見習い組を中心に皆が自分の分の肉を確保していた。勿論、用意された料理はいっぱいある。いっぱいあるのだが、レレイが何も考えずに取りそうなので、順番待ちをさせているのであった。

「ラジさんのおかげで無事に取れた」

「ラジさん、マジ感謝」

「レレイさん、相変わらずレレイさん……」

「安定」

「「それな」」

肉料理を皿に載せて飲食用のテーブルに移動した見習い組の四人。わちゃわちゃと交わす会話はいつも通りだった。マグですら一言言うほどに、ご飯にまっしぐらなレレイはいつも通りだった。お外でも変わらない辺りが、本当にレレイである。

彼らが取ってきたのは、肉厚のステーキである。シンプルな料理だからこそ、肉の味がよく解る。ちなみにコレは正真正銘のドラゴン肉のステーキらしい。わくわくであった。

「本物のドラゴンのステーキ……」

「店で食べたらすげー値段するやつ」

「前に食ったことあるけど、美味かった」

「食べたことあるの⁉」

「流石ウルグス、お坊ちゃま」

「お坊ちゃま言うな！」

ドラゴン肉にも様々な種類があるのだが、こちらは亜種やら小型種やらとは違う、強力な魔物として知られるドラゴンの肉である。庶民が食べられる機会はとても少ない。それを食べたことがある辺り、流石はウルグスである。良い家のご子息は良いものを食べている。

口論はしつつも、とりあえず皆は滅多に食べられないドラゴン肉のステーキを口に運んだ。表面を焼いて肉汁を閉じ込めていながら、中身は柔らかく赤い色が残ったままという絶妙の焼き加減。ナイフでさっくり切れるし、フォークも易々と刺さる。

ソースは色々な種類が置いてあったので、各々好みでかけている。甘いソース、酸味のあるソース、タマネギのすりおろしが入ったソースなど、である。ソース以外にもワサビや塩なども置いてあった。お好きにどうぞ状態です。

口の中に入れると、肉のずっしりとした存在を感じる。しかし、良く焼かれているのに中は柔らかい。簡単に噛み切れる。そうすると、じゅわりと口の中に肉汁が広がる。それだけで、もう、何とも言えぬほどに美味しい。

「美味……」

「オイラ、一生分食べる……」

「まぁ、美味い肉はやっぱり良いよなぁ」

もぐもぐとステーキを食べる三人。その中でただ一人、カミールだけは真剣な顔をしていた。一口食べては何かを考え込んでいる。

「どうした、カミール？」

「この等級の肉を用意出来るとか、どういうルートだ……？　そもそも、これを狩れるような存在に伝手があるってことだよな……」

「こういうときに商売っ気を出すんじゃねぇよ」

「イタッ⁉」

商人の息子魂に変なスイッチが入ったカミールの頭を、ウルグスは軽く叩いた。美味しいものは美味しいと思って食べるだけで十分である。それも、今回のように祝いの宴となれば。細かいことを考えるなというのは正しい。

皆を労う意味もあって、宴の料理の品数は多く、使われている食材の数も多い。フレッドがお育ちの良いやんごとなき身の上であることは、皆も解っているので。なので、カミールが商人の息子として、高級食材の数々に入手ルートや伝手が気になるのは解る。しかし、今この場にいるフレッドは彼らの知り合いのフレッドでしかないので、無粋なことは気にしない方が良いのだ。ウルグスは上手に場の空気を読んでいた。

　宴の料理は、普段からやんごとなき身分の人に料理を振る舞っているプロの料理人が作っているので、どれもとても美味しい。品数や味付けも沢山あり、大所帯の《真紅の山猫（スカーレット・リンクス）》の皆が、どれか一つは自分好みの料理に出会えているぐらいだ。

なので、わちゃわちゃと賑（にぎ）やかな四人とは別のテーブルでも、美味しい料理に舌鼓を打つ仲間達の姿が見られた。

　今回の立て役者の一人でもあるロイリスが食べているのは、魚介類のパスタだ。シンプルなオイルパスタで、海老、イカ、貝柱がごろごろと入った何とも贅沢（ぜいたく）な逸品である。味付けがシンプルだからこそ、素材の旨味がぐぐっと際立っている。

　味付けはオリーブオイルと塩胡椒（しおこしょう）。シンプルなそれらが、魚介の持つ旨味を引き立て、パスタに絡み口の中でハーモニーを奏でる。パスタも、もちもちとした食感で弾力があり噛み応えがしっかりしていて、ソースとの一体感も最高だ。

　また、特筆すべきは魚介の火の入れ方が半生であるところだろうか。完全に火を通しているわけではないので柔らかく、弾力を楽しめる。この世界では海鮮の生食に慣れていない人が多いが、半生になると趣が変わるので、皆美味しく食べられているようだ。

「イレイスさんは、このパスタがお気に入りですか？」

「えぇ。魚介の旨味が伝わってきますもの」

おっとりと上品に微笑むイレイシアに、ロイリスも釣られたように笑った。人魚族のイレイシアは魚介類が大好きだ。海で育っているのだから、そりゃあ海に縁のあるものが好物になっても仕方ない。

しかし、王都ドラヘルンは内陸だ。勿論（もちろん）、王都だけあって物流は素晴らしく、魚介類も手に入る。けれど、こんな風に半生で美味しく食べられる食材に出会えることは少ない。また、火をしっかり入れた調理法の方が多いからだ。

それもあって、滅多にない美味しい魚介類を堪能出来るパスタを、イレイシアは嬉（うれ）しそうに食べている。ロイリスも、胃袋が小さいこともあり、お肉を使ったがっつり系よりもこういうシンプルなパスタの方が嬉しいのだった。

ちなみに、大食い組に好評なのは、厚切りベーコンが入っているパスタだった。パスタにもお肉を求める辺りが彼らである。

なお、どの料理も文句なく美味しいので、皆がアレが美味しかった、コレが美味しかったと言い合っている。自分が食べて美味しかったものを情報共有し、お代わりの参考にしているのだ。わちゃわちゃしているが、それがまた《真紅の山猫》らしい。

そして、大人組もその例に漏れない。せっかくのフレッドの好意である。おもてなしはしっかりと受け取る気満々であった。滅多に食べられない高級食材とお高そうな料理を前に、遠慮はどこにもない。

勿論、子供達のようにがっつくことはない。食べる仕草はどこまでも上品だ。しかし、あっちもこっちもと遠慮なくお代わりをしているし、ブルックなどは端から順番に全ての料理に手を付けている。安定の規格外な胃袋であった。

思い思いに楽しんでいる《真紅の山猫》の皆を見て、フレッドが安心したように笑った。こんなことで恩返しになるのか不安だったので、皆が思った以上に喜んでくれて嬉しく思っているのだ。

ちなみに、お礼として金銭や品物を渡すべきではと考えたらしいのだが、アリーが丁重にお断りした。その結果が、この美味しいご飯である。なお、その話を聞いた悠利達も「お金とか品物とか別にいらないかな」とあっさり言っていたので、皆の総意である。

そりゃ、自分で稼ぐのが基本の冒険者だ。これが依頼だったならば、きちんと報酬を頂いている。しかし今回彼らは、お友達のために勝手に走り回っただけである。情報収集組など、笑顔で「良い修業になった！」と言うぐらいだ。何だかんだで逞しい。

「フレッドくん、フレッドくん」

「何ですか、ユーリくん」

「後で料理人さんにお話聞いても良いかな……？」

「…………え？」

美味しい料理を堪能していた悠利が顔をキラキラと輝かせて告げた言葉に、フレッドは固まった。何を言われたのかよく解らなかったのだろう。しかし、すぐに立ち直った。その程度には悠利の性格を彼は理解していた。

「何か、気になる料理でもありました？」

「基本的に全部気になるよ。皆が喜んで食べてるから、話を聞いてみたくて」

僕にも作れる料理あるかなぁ、なんて続ける悠利にフレッドは苦笑した。ジェイクの師匠の家にいる家事に妥協を許さない家憑き妖精シルキーにその腕前を認められていながら、やっぱり悠利は悠利だった。

後は、必要な時間や食材の関係で、アジトで作るのが難しい料理というものも存在する。例えば、下準備の煮込む作業だけで数日かかるような料理は難しい。《真紅の山猫》の台所は広い方だが、それでもやっぱり日々の料理をしながら別の何かを仕込むのは大変だ。

その辺りのことも考えつつ、その道のプロに色々と聞かせてもらいたいと思っている悠利。思いっきり顔に出ていた。

「後で時間が取れるか聞いてみます」

「やったー！　ありがとう、フレッドくん」

「いえいえ。助けてもらったお礼ですし」

「それはこのご馳走で受けとってるけど？」

「皆さん本当に無欲ですよね」

苦笑するフレッドに、悠利は首を傾げた。どこが無欲なんだろう？　と思っている顔だった。無欲な人は、食べ放題だと言われたからって、用意された料理を食べ尽くす勢いで大騒ぎしないと思うのだ。

しかし、フレッドの感想は違う。それは、住んでいる世界が、環境があまりにも違うからだ。そればっかりは馴染んだ感覚の違いなのでどうにもならない。だから悠利はそれ以上何も言わなかったし、フレッドも話を蒸し返すことはしなかった。今は、別に、そんなことをする時間ではないのだ。

そんな二人の足下で、キュイ、と小さな鳴き声が聞こえた。満腹、と言いたげな仕草でお皿を空っぽにしているのは、ルークスだった。

「ルークスくんも、お口に合いましたか？」

「キュピ！」

「それなら良かったです」

あらかじめ野菜炒めが好きだと伝えられていたので、ルークスの分の料理は全て野菜炒めだった。それも色々な味付けのだ。一人野菜炒めバイキングみたいになっていたルークスである。ご満悦であった。

ちなみにルークスは、フレッドに再会した瞬間に飛びつき、その全身をペタペタ触って確かめていた。危ない目に遭ったって聞いたけどちゃんと無事なんだね？　無理しちゃダメだよ！　みたいなノリだった。ルークスにとってフレッドは庇護対象である。

いきなり主に飛びついたスライムに護衛の皆さんは慌てたが、悠利達が何とか押しとどめた。また、フレッドがルークスの行動を拒まなかったこともあって、何とか丸く収まったのだ。賢い従魔は、意外と感情で突っ走る。そこもまた可愛いのだが。

「まだまだ沢山用意してありますから、楽しんでくださいね」

「うん」
「勿論、デザートも用意してありますから」
「ありがとう」

主にあの辺が喜びます、と悠利はすっと手でヘルミーネやブルックを示した。耳ざといお二人さんは、一瞬でこちらに視線を向けていた。好きなものに関して地獄耳なのは、お約束なのかもしれない。

色々用意してありますよ、とフレッドが微笑むと、ヘルミーネは嬉しそうにぴょんぴょん飛びはね、ブルックは密やかにガッツポーズをしていた。ぶれない。

そんなこんなで、デザートまできっちり完食した一同は、滅多にないご馳走でお腹をいっぱいにして、幸せな気持ちで帰路につくのでした。これにて、この度の騒動は一件落着なのです。

第二章　日常は美味しいご飯と共に

「……えーっと、つまり、こういうことですか？」

困ったように笑いながら、悠利は目の前で意気込んでいる女子二人の意見を確認するように口にした。

「トマトが食べたいマリアさんと、お肉が食べたいレレイのどっちもが満足する料理が食べたい、と」

「そうなのよぉ」

「うん！」

相変わらずの妖艶（ようえん）な美貌（びぼう）に蕩（とろ）けるような微笑みを浮かべてマリアが告げ、無垢（むく）な子供のような天真爛漫（てんしんらんまん）な笑顔でレレイが告げる。タイプの違う二人の美女の笑顔というのは大変眼福であるが、今の悠利にとってはただの腹ぺこ二人組にしか見えなかった。

マリアは吸血鬼の血を引くダンピールという種族で、戦闘本能の高ぶりをトマトで抑えている。これはマリアの一族皆がそうらしく、吸血衝動を始めとする諸々の本能を、彼らの一族はトマトでどうにか出来るらしい。

その結果なのか、マリアはとてもトマトが好きだ。トマト料理も好きだし、切っただけのトマトも大好きである。それは悠利もよく知っている。

レレイの方は何でも美味しくもりもり食べるが、やはり身体が資本の前衛ということで、お肉が大好きだった。それも悠利はよく知っているし、今更言われなくても解っている。

解っているのだが、彼女達が、何故わざわざ一緒にこんなことを言ってくるのかは、ちっとも解らなかった。

「えーっと、それは、トマト料理と肉料理を作るのじゃダメなのかな……?」

「ダメじゃないけどー、どうせならどっちも楽しめる料理が良いなって思った!」

「レレイ……」

「シンプルにトマトも良いけれど、お肉と一緒に食べられるならそれはそれで良いわねぇっていう話になっちゃって」

「マリアさん……」

二人で今日のご飯は何が食べたいかを話していたら、そういう話になったらしい。見た目に反してよく食べるコンビ（ただしあくまでも血筋によるものなので、異常なことではない）は、食欲に忠実だった。

期待に目を輝かせる二人。悠利は少し考えて、笑った。

「それじゃあ、そんな感じの料理を考えます」

「わーい、ユーリありがとー！」

「楽しみにしてるわぁ」

喜びのままに勢いよく抱きついてくるレレイと、そのレレイの馬鹿力が悠利を苦しめる前に彼女を引っぺがしてくれるマリア。賑やかな二人を見送って、悠利はどんな料理にしようか思案するのでした。


「と、言うわけで、今日の夕飯は青ジソとトマトの肉巻きです」

「とりあえず、リクエストの結果だってのは解った」

悠利から事の経緯をざっくり説明されたカミールは、大真面目な顔でこっくりと頷いた。別に珍しいことでもない。悠利が誰かのためにと献立を考えることもあるが、ちょいちょいリクエストでメニューが決まるのだ。カミールも慣れている。

「まぁ、青ジソも入れたらさっぱりするだろうし、トマトでかさ増しされる分で肉料理でも食べやすいと思うから、万人受けするかなって感じで」

「イマイチ味の予測が出来ない」

「そこは味見で確認して」

「了解」

味見、味見、とうきうきと楽しそうにするカミール。未知の料理に対するどんな味だろう？　という疑問はあるものの、悠利への信頼が不安を感じさせないのだ。悠利が作る料理は美味しいと皆が思っている。

単純にそれは、《真紅の山猫》の面々と悠利の味覚が近しいからだ。悠利が美味しいと思う味付けが、皆が美味しいと思う味付けだったというだけである。

ただ、そこに料理技能(スキル)のレベルが物凄(ものすご)く高いという悠利のチートがちょっぴり仕事をしているのは否めない。技能補正のおかげで、見習い組が作るよりも悠利が作るご飯の方が美味しいのである。技能は正直だった。

「ってことは、使うのは青ジソとトマトと……、肉はどれなんだ？」

「薄切りのオーク肉です。巻きやすいから」

「なるほど」

お肉屋さんでスライスしてもらったオーク肉を見て、カミールは納得したように頷いた。青ジソだけならばともかく、トマトも巻くとなればくるくる巻けるような薄いお肉の方がやりやすいのはよく解った。

そんなわけで、下準備である。青ジソもトマトもよく洗って水気を切ったら、それぞれ使う大きさに切る。

青ジソは軸を切り落とし、汚れがないかを確認する。保存状態によっては葉先が黒ずんでいたりするので。特に汚れがなければ、肉の幅よりも大きなものは半分に切っておく。巻くときにはみ出ないようにするためだ。

「トマトはどう切ったら良い？」

「くし形。囓りやすい幅が良いから、普通の大きさのトマトで八つに切る感じかな？　大きなトマトの場合は、調整してね」

「とりあえずやってみる」

「まぁ、失敗して大きいのになっちゃったら、口の大きな皆さんに食べてもらえば良いから」

「そう思ったらめっちゃ気持ちが楽になった！」

「あははは」

悠利の説明で気が楽になったのか、カミールが軽やかに笑った。その後は、鼻歌を歌いながらトマトを切っていく。半分に切って、更にもう半分。そこでヘタを綺麗に落として、更にもう半分。これで八分の一だ。

確かに、これぐらいの大きさだと一口でぱくりと食べることが出来そうである。仮に一口が無理でも、囓りやすいだろう。この倍の大きさだと、ちょっと口の小さな面々は苦労しそうな感じだった。

皆が満足いくまで食べられるようにと考えたら、それなりの数が必要になる。悠利とカミールは、二人でせっせとトマトを切り分けた。大所帯ではこういう作業が地味に大変なのである。

トマトを切り終えたら、次は肉の準備だ。オーク肉は薄切りにしてもらってあるのでこれ以上切る必要はない。次の手順は、下味を付けて青ジソとトマトを巻くことである。

悠利はまな板の上に、並べられるだけ薄切りのオーク肉を並べる。きっちり、まっすぐ、伸ばして並べているのには意味がある。こうしてある方が次の作業が楽だからだ。

「ここに青ジソとトマトを載せて巻くんだけど、その前に下味として塩胡椒をします」

「はい、どのぐらいですか！」

「とりあえず満遍なく全体にって感じ。味が薄かったら何か付けて食べてもらうから」

「じゃあ、何となくでやってみる」

「かけすぎにだけは注意してね」

「おー」

下味の段階では味見が出来ないのが辛いところであるが、別に薄かったならば薄かったでやりようはある。料理をするときに辛いのは、むしろ濃くなった場合だ。味が濃い場合は、それを薄めるのは至難の業である。

そんなわけで、あんまり重く考えずに悠利とカミールは塩胡椒をしていく。ピンク色をした肉の上に真っ白な塩と黒い胡椒(こしょう)が散っていくのが綺麗である。

「塩胡椒が出来たら、青ジソを敷いて、その上にトマト。それで、こう、くるくるーっと巻いていく」

「くるくるーっと」

「巻き終えたら、お肉同士をしっかりくっつけておく。焼くときにこの面を下にして焼くとちゃんとくっつくからね」

「特に何かで留めなくて良いのは楽だな」

「そうだね」

青ジソとトマトがずれないように気を付けてくるりと巻く。それ自体は簡単だし、最後にしっかり肉同士をくっつけるのも別に難しくはない。そう、作業自体は単純だ。

……ただまぁ、皆が満足出来る分作ろうと思うと、どうしても数が多いだけで。

「と、いうわけで、全部巻きます」

「解ってたけどめっちゃ面倒くさい」

「頑張ろう、カミール。味見が待ってるよ」

「そうだな。味見な。……二つ食べても良い？」

「……不恰好なやつなら」

「よっし！　頑張る！」

味見でやる気が出る辺り、カミールもまだまだ食べたい盛りのお子様である。まぁ、それでやる気になってくれるなら、安いものだ。だって数は本当に多いのだから。

なお、不恰好なやつから二つ味見が出来ると解っていても、巻くときはきちんとするのがカミールの偉いところだ。わざと不恰好なやつを作ったりはしない。その辺は、料理当番という与えられた仕事をしっかり解っている。

二人で雑談をしつつ手を動かして、何とか全てのトマトを肉巻きにすることが出来た。かなりの量である。ただ、焼くときはフライパンに並べて焼くことが出来るので、この先の作業はちょっとは楽だ。後は焼くだけなので。

「それでは、ひとまず味見用を焼いていきます」

「待ってました」

「フライパンに少量の油を引いて、肉の重なってる面を下にして並べます」

ひっくり返せる程度にトマトの肉巻きを入れて、焦げないように中火でしばらく焼く。今回は試食分だけなので、悠利が一つ、カミールが二つだ。なお、肉の重なった面を下にするのは、そこを先に焼いてくっつけることが目的だ。バラバラになったら悲しいので。

しっかりと焼き目が付いたら別の面を焼く。トマトがくし形なので場所によってはちょっと不安定だが、そういうときは他の肉巻きとくっつけることでバランスを取る。そうやって全面をしっかりと焼くのだ。

「中身は青ジソとトマトだから、お肉が焼けたら大丈夫だよ」

「肉も薄切りだから、割と火は通りやすい感じ？」

「そうだね。強火にしちゃうと焦げるから、焼き加減を見ながら転がして上手に焼く感じ」

「転がすのちょっと面白いよな」

「そう？」

「うん」

悠利にはよく解らないが、カミールにとっては面白いらしい。そんな会話を交わしつつ、トマトの肉巻きを焼く。全面に満遍なく焼き色が付いたら、お皿に取り出して完成だ。

「とりあえず何も付けないで食べてみて」

「解った」

下味の塩胡椒だけで十分かを確認するには、何も付けずに食べるのが大切だ。焼きたてで熱いので気を付けながら囓る。……そう、トマトの肉巻きなので、中央には熱々のトマトが控えているのである。火傷注意。

オーク肉は薄切りなので簡単に噛み切れるし、火が通って柔らかくなったトマトもだ。最初に感じるのは塩胡椒で味付けされたオーク肉の旨味。続いて、青ジソとトマトの風味がぶわりと口の中に広がる。肉の脂をさっぱりさせる青ジソと、どっしりとした存在感を見せるトマトがアクセントになっている。


肉の味付けは塩胡椒だけなのでいつも食べている味かと思いきや、青ジソとトマトを巻いて焼いたことで食材の味が混ざり合って調和しており、旨味がぎゅぎゅっと凝縮されていた。トマトも生で食べるのとは違って柔らかく蕩けるような食感だ。

確かに肉を食べていると解る味なのに、トマトの存在がふわりと広がる。肉とトマトのどちらもが自分の存在を主張しているが、それがぶつかることなく相乗効果を生み出していた。そして、その二つを上手に繋ぐ青ジソという見事なバランスである。


「うん、僕はこのままで良いかな。カミールは?」

「美味い」

「……えーっと、追加の味はいらない感じ?」

「なくても良いかなって思ったけど、ちなみに何かけたら美味い?」

「めんつゆかポン酢かな。さっぱりと」

「じゃあ、今はポン酢試して、夕飯のときにめんつゆ試す」

「……お好きにどうぞ」

これ美味いなーとうきうきのカミールのお口に合ったらしいと解ったので、悠利は小さく笑った。トマトの肉巻きは後は焼くだけなので、食事の前に仕上げれば良い。

「味見が終わったら、他のおかずの準備だからね？」

「おー」

美味しいものを食べて元気が補充されたのか、返事をするカミールはとてもイイ笑顔をしていたのだった。


そんなこんなで夕飯の時間。大皿にどどんと盛られた青ジソとトマトの肉巻きに、事情を知らない仲間達は「何だこれ……？」みたいな顔をしていた。確かに不思議な料理かもしれない。

そんな皆に、悠利は料理の説明をする。確かに、見た目では何かよく解らないのも納得なので。それに、説明をすれば皆も美味しく食べてくれるだろうとも思っている。まぁ、実際いつもそんな感じなので、聞く方も慣れた感じであるが。

「トマトと青ジソをオーク肉で巻いて焼いたものです。下味で塩胡椒がしてありますが、味が薄いと思ったらめんつゆかポン酢をかけてください」

「諾」

「そこのめんつゆを抱えてる子は、隣の子にめんつゆをかけてもらってください」

「……何故？」

「何故じゃないよね⁉」

めんつゆという単語が出た瞬間にめんつゆの瓶を確保したマグに、悠利のツッコミが飛ぶ。放っておいたらめんつゆをドバドバかけそうなので、思わず注意をしたのだ。そして、心得たようにウルグスがめんつゆの瓶を奪い取っていた。慣れている。

「……返却」

「ちゃんとかけてやるから、諦めろ」

「……返却」

「ユーリに言われただろ。逆らったら没収されるぞ」

「…………諾」

ウルグスとマグのやりとりは、穏便に決着が付いた。ただし、マグの不満は完全に解消されたわけでもない。渋々というのが見て取れる。証拠に、頷くまでが物凄く長かった。

相変わらずだなーと言いたげなカミールとヤックと共に席に着くマグ。さぁ早くめんつゆをかけろと言わんばかりに、小皿に取り分けたトマトの肉巻きを差し出している。ブレない。

そんなある意味で想像通りなやりとりを眺めていた悠利は、左右から突然抱きつかれて思わず呻いた。……何せ、結構なお力だったので。

「ぐぇ……」

「ユーリ、ありがとう！　トマトとお肉、美味しそう！」

「嬉しいわぁ」

「……お、お気に召して、何より、で、す……」

「いっぱいあるから、いっぱい食べて良いんだよね⁉」

「お代わりいっぱいするわねぇ」

「ど、……どう、ぞ……」

レレイの馬鹿力で何か骨が軋(きし)んでいる気がする悠利の返答は、途切れ途切れだった。後、遠慮なく抱きついてくるマリアの豊かなお胸で圧迫されてちょっと苦しいのもあった。左右から力自慢の美女二人に挟まれているので、逃げられない。

誰か僕を助けて、圧死しちゃう……！　という悠利の切実な祈りが通じたのか、救いの手は存在した。べりっという音でもしそうな感じで、レレイもマリアも引っぺがされたのだ。

「お前達、感謝を伝えるのは構わないが、か弱いユーリに何をしているんだ。苦しそうだろう。反省しろ」

「はぇ……？　あぁああ、ごめん、ごめんね、ユーリ！　わざとじゃないんだよー！」

二人を悠利から引き剥(は)がしたのはブルックだった。片手でそれぞれの襟首を引っつかんでいる。《真紅の山猫(スカーレット・リンクス)》一の力持ちはとても良い仕事をしてくれた。主に、人命救助的な意味で。

ブルックに指摘されたレレイは、あわあわしながら悠利に謝る。その顔は今にも泣きそうだった。彼女に悪気はいつだってないのだ。ただ、自分が馬鹿力なことと、悠利がひ弱なことをちょっぴり忘れてしまうことが多いだけで。

「……うん、レレイはそうだなって思ってたし、怪我はしてないから大丈夫」

「本当にごめんね？　大丈夫？　ご飯作れる？」

「心配する方向がそこなのか」

「だって、ユーリのご飯……！」

「レレイ……」

　彼女は自分の欲望に正直なお嬢さんだった。ブルックに放り出されるように席の方へ身体を向けられたレレイは、食べてくるねー！　と笑顔で去っていった。気持ちの切り替えが一瞬で出来るのが彼女の良いところである。多分。

　今一人の困ったさんであったマリアは、ブルックに襟首を引っつかまれた状態で口元に手を当てて笑っていた。上品な仕草なのだが、何故か彼女がすると無駄に色気がダダ漏れだった。妖艶な美貌のせいかもしれない。

「ごめんなさいねぇ、ユーリ。感謝を伝えようと思っただけなのよぉ？」

「マリアさんは、レレイに合わせるように悪ノリした疑惑があります」

「あら、バレちゃった」

「マリアさんー……」

「だってユーリったら、無反応だから」

「僕、綺麗なお姉さんのお胸で圧死はしたくない派なんです」

「あら、残念」

　普通の青少年だったら、妖艶美女のお姉様の胸を押し付けられるなんて状態ではあわあわするのだろう。しかし悠利が感じていたのは、馬鹿力との合わせ技による（……え、僕、このまま圧死するの……？）みたいな不安だけだった。

後、豊かなお胸にぎゅーっとされるのに、何だかんだで母や姉のおかげで多少の免疫があるのも理由だった。当人がその辺に興味がないのと、家族のおかげで耐性があることで、一般的な青少年の反応とは異なってしまったのだった。安定の悠利。

「とりあえず、ご希望通りにトマトとお肉で美味しく食べられそうな料理にしたんで、堪能してくださいね」

「ありがとう」

これ以上騒ぐとリーダー様から雷が落ちるのを理解しているのか、マリアはウインクを残して去っていった。残ったブルックは、労るように悠利の頭を撫(な)でてくれた。悠利も助けてくれたお礼を告げる。ほのぼのしていた。

そんな風に一悶着(ひともんちゃく)はあったのだが、その後はいつも通りの食事風景だった。どのテーブルでも美味しい美味しいと新作料理を食べている。見たことがない料理でも、説明を聞けば皆は手を伸ばす。悠利の料理は美味しいと思っているからこそ。

「これ、お肉なのにトマトがすっごくトマトで、いっぱい食べられるねー！」

「いっぱい食べたいのは解ったから、お前は一回お代わりを待て」

「何で⁉」

「俺らの分がなくなるからだよ‼」

もりもりと頰張る勢いでトマトの肉巻きを食べていたレレイは、クーレッシュのツッコミにショックを受けた顔をしている。今の彼女に効果音を付けるなら、ガーンだろうか。まぁ、いつものやりとりである。

その二人の騒々しいやりとりを横目に、ヘルミーネとイレイシアは自分達の分を確保して食べていた。クーレッシュがいるとレレイの制御をしてくれるのでとても助かるのである。……実際、クーレッシュがいないときはヘルミーネがツッコミで忙しくなる。

「そう言えば、めんつゆやポン酢をかけて食べても良いって言ってたわよね」

「ポン酢をかけると、更にさっぱりしてとても食べやすいですわ」

「そっか。薄切りでもお肉はお肉だもんね」

「はい」

柔らかく微笑むイレイシアに、ヘルミーネはなるほどと頷いた。ポン酢で食べるとお肉の脂がさっぱりして食べやすくなる、というのは小食組の共通認識だった。冷しゃぶなどもそうやって食べている。

トマトの肉巻きの場合、具材がトマトと青ジソなのでポン酢との相性は悪くない。私もやってみよーとヘルミーネは、ポン酢を少しかけてトマトの肉巻きを囓った。

その瞬間、ふわっと口の中にポン酢の爽(さわ)やかな風味が広がる。それまで食べていたトマトの肉巻きが、別の料理になったようだった。肉の旨味も、トマトの存在感も、青ジソの風味も何もかもが残っている。しかし、ポン酢の爽やかな酸味が加わったことでそれら全てがマイルドになっていた。

オーク肉は薄切りといえども脂がある。その肉の脂が、ポン酢によって存在を和らげられているのだ。胃もたれせずにさっぱり食べられそうな感じに仕上がっていた。

「これ、ポン酢かけたら確かに通常よりいっぱい食べられそうね」

「ヘルミーネさんもそう思われます？」

「うん。ポン酢のおかげね」

「はい」

美少女二人は、内緒話をするように顔を見合わせて笑った。美味しいものを美味しいと思って食べることと、その美味しいを共有出来る仲間がいることは、とても幸せである。細やかな、けれどある意味でとても贅沢な幸せである。

その幸せは、カツンカツンと小皿を突くお箸の音で中断された。発生源はしょんぼりしているレレイである。

「……えーっと、レレイさん？」

「……お代わり終わった……？　もうあたしも食べて良い……？」

「……悪い、二人共。こいつの我慢、これだけしか保たなかった……」

「「……あははは……」」

切なげな瞳で二人を見つめるレレイ。一応彼女も、クーレッシュに言われて皆がお代わりするのを待っていたのだ。待っていたのだが、目の前で美味しそうに食べられると、それがどれだけ美味しいかを知っているだけにお腹が切なくなるのである。

しかも、彼女は猫獣人の父親から身体能力を引き継いでいるので、五感も発達している。つまりは、嗅覚も。目の前の美味しそうな料理の匂いを、皆よりも強く感じているのだ。

「ええ、大丈夫ですわ」

「食べ尽くす前に一度止まってよね」

「解った！」

「むしろ、全員先に小皿に欲しいだけ取った方が無難だろ」

「「確かに」」

じゃあそうしよう、と三人はいそいそと小皿にトマトの肉巻きを取る。その姿をまだかな、まだかな、みたいな感じに身体を揺らしながらレレイが見つめていた。奇妙に微笑ましい。

そんな賑やかなテーブルの様子を眺めながら、マリアがトマトの肉巻きを口に運ぶ。大きく口を開けて一口でぱくりと食べてしまうのだが、その所作も妙に美しく妖艶だった。何故そうなるのか誰にも解らないが、マリアの雰囲気がそうさせるのだろう。

「んー、とっても美味しいわねぇ。そのまま食べても美味しいけれど、めんつゆをかけると更に美味しいわぁ」

うふふ、と幸せそうに微笑むマリア。麗しのお姉様は、大好きなトマトの旨味がしっかりと引き出された料理にご満悦である。

そのまま食べても美味しいが、めんつゆをかけると風味が追加されて何とも言えずに美味しいのだ。醤油と違ってめんつゆは出汁の風味と仄かな甘味があるので、それが上手に調和しているのだろう。

そもそも、めんつゆとトマトが合うことは皆が知っている。悠利がちょくちょく作るめんつゆトマトのおかげで、その味は確認済みだ。なので、トマトの肉巻きにめんつゆをかけても美味しいのは、ある意味で予想通りでもあった。

噛んだ瞬間に口の中でじゅわりと広がるトマトの風味と、そこに溶け込むめんつゆと肉の旨味。青ジソの確かな存在感がアクセントになって、違った味として楽しめる。味変が出来るのは良いことだ。何しろ、飽きない。

「その大皿を一人で全部食べることが出来るんですよねぇ、マリアは」

「あらぁ、何かいけなかったかしらぁ?」

「いえいえ、ダンピールの食欲って凄いなぁというだけの話ですよ」

「面倒くさい調査は嫌よぉ?」

「食事の邪魔はしませんよ」

僕は見てるだけですから、とジェイクはのほほんと笑った。知的好奇心の塊である学者先生は、仲間の食欲にも興味津々だった。出るところが出て引っ込むところが引っ込んだ抜群のスタイルを誇るマリアだが、胃袋の容量はかなりのものである。そこが気になったらしい。

ジェイクが色々なことに興味を示すのはいつものことなので、食事の邪魔をされないのならとマリアは気にしないことにした。そんなことより、目の前の美味しい料理を堪能することが大事だったので。

ちなみに、大量に作った青ジソとトマトの肉巻きは、大好評で皆の胃袋に消えました。味付けを変えるにしても、ポン酢かめんつゆかを自分で選べるのが良かったようです。

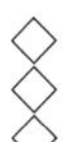

「わー、パセリふぉーえばー」

「この間美味しく食べたって言ったら、また貰っちゃったんだ……」

「いや、ありがたいけどね。それにしても、大量だね」

「何かいっぱいくれた……」

「愛されてるねぇ、ヤック」

思わず悠利が呟いてしまったのも、無理はなかった。彼らの前にはどどーんと山のようになったパセリが存在している。いつぞや見た光景再びという感じであった。

このパセリも、前回と同じようにヤックが貰ってきたものだ。何だかんだで市場の人々に可愛がられているヤックであるが、今回のコレは当人にも予想外だった。お礼を伝えたら、また貰ってしまったのだから仕方ない。

そんなわけで、パセリである。主役として使うことはあまりない野菜なので、大量に頂いてしまってどうしたら良いのか、という感じになるヤック。独特の風味があるので、慣れないとそのまま大量に食べるのは難しい。

そもそも、普段パセリを見かけるときだって、何かに添えられているのが大半だ。パセリメインの料理は少ない気がする。

「また、ライスに混ぜる……？」

「んー、それでも良いけど、違う食べ方をしてみるのも良いかなー」

「違う食べ方って、何かあるの……？」

パセリに？　と言いたげなヤック。別にヤックはパセリが嫌いなわけではない。ただ、パセリをもりもり食べた記憶があんまりないので、どうやって料理に使うのかが解らないだけだ。以前悠利がバターライスに使ったときも、そんな使い方があるのかと驚いたぐらいである。

悠利もそれほどパセリをメインに使った料理を知っているわけではないが、以前興味があって調べて作ったことがある。それが、今思いついた料理である。

「天ぷらにしようか」

「パセリを、天ぷらに……？」

え、それ美味しいの？　みたいな反応をするヤック。別にヤックが悪いわけではないだろう。パセリのイメージと天ぷらが結びつかなかったに違いない。

その気持ちは悠利にも大変よく解る。悠利も初めて知ったときは、「パセリを天ぷらにしちゃうの？　どんな味……!?」みたいになった。しかし、工程も簡単なので作ってみたら、意外と美味しかったのだ。

ちなみに工程は、洗って、手頃な大きさに千切って、天ぷらの衣を付けて揚げるだけである。揚げ物が面倒くさくなければ、とても簡単だった。

それに、天ぷらにしてしまえば、お腹も膨れる。これはとても重要なことである。悠利が普段パセリを購入しないのは、お腹が膨れないからである。腹ぺこが沢山いるので、彼らの胃袋を満たすには食べ応えが必要なのだ。

「天ぷらにしたらかさも増えるし、おかずになると思うんだよね」

「うーん、ユーリが言うなら美味しいのかな」

「僕は塩だけで食べたけど美味しかったよ。後、何かもちもちした」

「もちもち!? 何で!?」

「それが謎なんだよねぇ……。天ぷらの衣はいつもと同じように作ってたのに、何故かもちもちしてたんだよ」

「……何で……」

「さぁ？」

これぱっかりは悠利にも理由が解らないので答えられないのだ。いつも通りの天ぷらを作ったつもりなのだが、何故か完成したパセリの天ぷらの食感がもっちりしていたのである。もっちりする粉なんて入れていないので、今も謎のままだった。

とはいえ、とりあえず方向性は決まった。この大量のパセリは、今日の夕飯として天ぷらになるのだ。

大きな状態で渡されているので、洗いやすいように適当な大きさにしてから水洗いする。洗ったら、よく水を切り、食べやすい大きさに千切る。あまり細かくてもぽろぽろするので、気を付けて。

天ぷらの衣が付くことを踏まえての大きさで考えるのが大事だ。

「大きさって、これぐらい?」

「うん、それぐらいかな。大きすぎると食べにくいし、小さいとバラバラになるしね。……まぁ、バラバラになっても、衣に混ぜたらかきあげみたいにはなるんだけど」

「それはそれで気になるかも……?」

「でも、パセリっぽさは消えちゃうよ?」

「あー……。それはちょっと残念だから、今日は形が解るようにしたい」

「じゃあ、そんな感じで」

せっかくのパセリなので、パセリらしさを残したいというヤックの選択だった。せっせと二人で大量のパセリを千切っていく。やがて、ボウルの中にはこんもりとパセリの山が出来た。見事な山である。

……なお、それだけ千切ってもパセリはまだ残っている。使わなかった分は後日別の料理にすることにして、冷蔵庫に片付けた。しばらくはパセリに困らないだろう。

「次は、油を温めている間に天ぷらの衣を作ります」

「えーっと、小麦粉と米粉だったっけ……?」

「うん。別に小麦粉だけでも良いけどね。好みの問題だから」

「米粉を入れるとパリッとするんだったよね?」

「そうそう。覚えた?」

「何とか」

ボウルに小麦粉と米粉を同量入れて、ヤックはへにゃりと笑った。以前言われたことをちゃんと覚えていたのだ。天ぷらの衣は小麦粉だけでも問題なく作れるが、米粉を入れるとパリッと仕上がるのだ。具材によって、粉の配合を変えると良い感じの天ぷらに仕上がる。

今日は特にパリッとさせたいわけではないので、小麦粉と米粉は同量。基本っぽい感じだ。そこへ水を少しずつ入れて混ぜていく。塊にならないように気を付けつつ、練らないように注意が必要だ。

練ってしまうとどうなるか。練るように混ぜてしまうと、粘り気が出てしまい、衣がもっちりもったりしてしまう。パリッと仕上げたいときは特に注意しよう。何気にコレが結構難しいのであった。

「衣が出来たらパセリを入れて衣を纏わせて、余分な衣を切ってから油の中へ投入ー」

「その、余分な衣を切るのが難しいんだよなぁ……」

「ボウルに這わせて流すと楽かも？　余分なのが付いてるとごろごろしちゃうから」

「うん。オイラも衣ばっかりより具材食べたい」

「だよねぇ」

天ぷらの衣には厚めや薄めの好みがあるだろうが、やはりどうせ食べるならば具材を美味しく味わいたいものである。衣ばっかり食べてお腹が膨れるのはとても悲しい。お店の天ぷらが衣でかさ増しされていると悲しくなる悠利である。

そんな会話をしつつ、衣を纏わせたパセリを幾つか油の中に投入する。まずは味見も兼ねてなので、少なめだ。衣の硬さを確かめる必要があるので。

入れた瞬間にパチパチとお約束の音がする。一度沈んだように見えたパセリは、ぷかぷかと浮いていた。まるで泳いでいるようなパセリ。しばらく待って、ひっくり返して両面しっかり火を通す。パセリは生で食べられるので、この場合は衣に火が通ればオッケーだ。あまり長く揚げると焦げてしまうので注意が必要である。

カリッと揚がったら油を切るために網の入ったバットに引き上げる。油から出すときに余分な油を切るのも忘れずに。網の上に載せるとポタポタと油が落ちる。

熱いうちに塩を振って味付けをしたら、いよいよ味見である。

「熱いから気を付けてね」

「うん」

二人仲良くパセリの天ぷらを齧る。中身はパセリなので簡単に齧ることが出来る。揚げたての天ぷららしく表面はサクサク。米粉のおかげか小麦粉だけの天ぷらよりもパリッと仕上がっている。そこまではいつも通りだった。

いつもと違ったのは、中身の部分だった。パセリの風味は揚げたことでマイルドになっているのか、随分と食べやすい。特有の味や匂いのようなものが薄まっている。そして、特筆すべきは衣の内側だ。全体的に、何だかもっちりとしているのである。

何故そうなっているのかは解らないが、ちょっと癖になるもっちり食感だった。パセリの風味と塩味で良い感じに食が進む。あっという間に一つを食べ終えて、二つ目に手が伸びてしまう。

　無言でパセリの天ぷらを二つずつ、味わって食べた。とても美味しかったので大満足である。

「美味しぃー。ヤックはどう？」

「美味しいし、何か食感が、不思議……」

「これね、何でこんな風にもっちりするのかよく解らないんだよね。でも美味しいから別に気にしなくても良いかなって」

「パセリの天ぷらが美味しいとか、オイラ、思わなかった」

「僕も最初はそうだったよ」

　でもやってみたら美味しかったんだよねぇ、と悠利は笑う。ヤックもそれに同意した。味見してみたらとても美味しかったし、これならいくらでも食べられそうだった。パセリは添え物なんかではなかった。立派に主役だった。

　勿論（もちろん）、野菜の天ぷらなのでメインディッシュと呼ぶにはちょっと弱いだろう。二人もそのことは解っている。天ぷらは揚げたてが美味しいので、彼らはこれから、他のおかずに取りかかるのであった。

「パセリって、こんなに美味しい天ぷらになるんですねぇ」

　しみじみと呟いたのはティファーナだった。今日も麗しのお姉様は素敵な美貌（びぼう）で微笑んでいる。所作の美しいティファーナは、パセリの天ぷらを食べる姿も美しかった。

天ぷらという料理は《真紅の山猫（スカーレット・リンクス）》の皆にも人気なのだが、特に女性陣は野菜の天ぷらがお気に入りだった。色んな野菜が美味しく食べられるということで、どんな天ぷらが出てくるのかと楽しみにしているぐらいだ。

そんな中で今日は山盛りのパセリの天ぷらだった。なお、最初は皆、それが何の天ぷらか解らなかった。辛うじて中に緑の物体が入っていることだけは解ったという程度だ。

それがパセリだと聞かされた一同は、「何でパセリで天ぷら……？」という態度を崩さなかった。予想していたので悠利もヤックも気分を害したりはしなかった。ただ、美味しいのでどうぞ、というスタンスを崩さなかっただけである。

そして、悠利が「美味しいですよ」と口にした料理を、皆が疑うことはなかった。もう完全に餌付けされているのだが、今更なので諦め（あきら）てほしい。悠利と皆の味覚が似たような感じだったのが原因なのです。仕方ない。美味しいには勝てないのです。

「付け合わせの野菜という印象がありましたけど、これなら立派な一品ですね」

「そうですね。確かに付け合わせになっていることが多いと思います」

「それにしても、何でこれ、食感がいつもの天ぷらと違うんですか？」

「僕にも解らないです」

「作ったのに？」

「作ったのに、です」

ジェイクの質問に、悠利はにへっと笑って答えた。他に答えられなかった。粉の配合をいつもと変えているのならばもっちりするのも理解出来る。或いは、衣を作るときに練るように混ぜたとかでもだ。しかし、そのどちらもやっていないので、何でもっちもちになっているのか解らないのである。

悠利の返答を聞いたジェイクは、真剣な顔でパセリの天ぷらを見つめていた。いつもと同じ作り方をしたというのに、何故か食感が変わってしまっているパセリの天ぷら。このもちもち食感の原因は何にあるのかと、大真面目に考え込んでいるらしい。

……なお、彼は知的好奇心の塊である学者先生なので、何かが気になるとこんな風に一生懸命考え込んでしまうのだ。今回は悠利に心当たりがないということで質問攻めにはなっていない。不幸中の幸いだった。

ジェイクがこうなると戻ってこないのは解っているので、悠利は気にせず食事を続けた。それは同席者達も同じだった。誰一人としてジェイク先生の行動を気にしない。慣れているので。

「パセリは食べても腹の足しにならないと思ってたけど、天ぷらになると食べ応えがあるな」

「そう言ってもらえて良かった。まぁ、そもそも天ぷらってお腹に溜まるからねぇ」

「確かに。揚げ物だからか」

「揚げ物は美味しいけどすぐお腹いっぱいになっちゃうのが難点です」

でも美味しいから食べちゃう、と続けた悠利に、ラジはそうだなと同意した。身体が資本の冒険者の中でも、前衛を担当する者達は特によく食べる。ラジもその例に漏れないし、そもそも彼は食欲旺盛な獣人、それも肉食獣である虎獣人だ。気性は穏やかだが食欲はちゃんとある。

そのラジも満足させるパセリの天ぷらである。パセリそのもののかさはそれほどない。衣も別に分厚いわけではない。しかし、それでもやはり油で揚げると、お腹に溜まるのだろう。軽い食感でもりもり食べられるが、それなりにお腹はいっぱいになる。

味付けはシンプルに塩だけだが、それが逆に良いのだろう。揚げたことでマイルドになってはいるが、パセリの独特の風味は残っている。それと塩の相性が良い。天ぷらになったことで軽くなった食感が何とも言えず箸を進めさせる。

何というかこう、おかずというよりは、おやつや酒のアテをひょいぱく食べてしまうのと似た感じである。どのテーブルでも、大皿にどどーんと大量に盛られたパセリの天ぷらは順調に消費されていた。

「特に強烈な味というわけではないですけれど、妙にクセになりますね」

「揚げ物ってそういうところがあるので」

「パセリはそれほど好きなわけではありませんが、この天ぷらはとても美味しいです」

「お口に合って良かったです」

にこやかに微笑むティファーナに、悠利はぺこりと頭を下げた。食べてくれる皆の口に合う料理が作れるのは、悠利にとって一番嬉しいことだ。誰かの美味しいが次へのモチベーションになる。勿論、自分が食べたいから作ることも多いのだけれど。

皆の中のパセリの印象は、何かの添え物だった。しかし今日、パセリは間違いなく主役だった。メインディッシュのお肉よりも、皆の箸は間違いなくパセリの天ぷらに伸びている。

恐らくは、物珍しさも原因だろう。滅多に食べないパセリ、しかもそれが天ぷらになって出てきた。そのインパクトで興味を引かれ、食べてみたら意外と食べやすいという好感触。普段の天ぷらと違ってもっちりした食感もまた、面白さがあるのだろう。

悠利も、何だかんだとそれなりにもりもりとパセリの天ぷらを食べていた。お腹がちょっぴりぽっこりしているような気がする。苦しくならない程度に食べるように気を付けないと、と考えてしまう。

チラリと視線を向けた先のジェイクは、考え事をしながらなのでゆっくりと食べているようだ。うっかりペース配分を間違えて食べ過ぎるという現象がたまに起きるジェイク先生であるが、今日は大丈夫だったらしい。一安心だ。

尤もジェイクの場合、パセリの天ぷらの味が気に入ったのではなく、何でももっちり食感になっているんだろう？　という疑問が勝っているからだろう。美味しいとは思っているだろうが、比重が知的好奇心に偏っているのだ。

「ユーリ、これ、もちもちしてて美味しいね」

「レレイの口にも合った？」

「うん！　何かパセリの味はするけど、食べやすかった！」

大皿にお代わりのパセリの天ぷらを盛りつけて戻ってきたレレイが、満面の笑みで悠利に声をかける。テーブルに戻る途中で感想を伝えにやってきたらしい。律儀だ。

お肉大好きなお嬢さんであるが、レレイは何でも美味しく食べるので野菜料理も喜んでくれる。

天ぷらもお気に召したらしい。……猫舌なので、揚げたてのサックサクは食べられないのが難点だが。

「レレイー、早く、はーやーくー！」

「ヘルミーネが呼んでるよ」

「あ、うん。今戻るよー！」

お代わりのパセリの天ぷらが待ちきれないのか、ヘルミーネが声をかけてくる。ごめんねーと謝りながらレレイは席へと戻っていった。賑（にぎ）やかである。

他のテーブルでもお代わりはされているようで、カウンターにどどんと置いてあったパセリの天ぷらは順調に減っている。ヤックと二人、頑張って揚げた甲斐（かい）があるというものだ。

天ぷらではあるものの具材はパセリ。軽い食感で程良くお腹を満たしてくれるので、小食組も楽しそうに食べている。いっぱい食べる人も、ちょっとしか食べない人も、変わらず美味しいと思って食べてくれるのは良いことだ。シンプルな味付けが良かったのかもしれない。

何はともあれ、大量のパセリの消費が出来て一安心だ。これで、ヤックも肩の荷が下りただろう。こんなにいっぱい食べきれるかなぁ、みたいな感じだったので。

なお、夕食で食べきれずに多少残ったパセリの天ぷらであるが、大人組の晩酌のおつまみとして無事に消費されました。酒の肴（さかな）のレパートリーが一つ増えたようです。

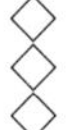

「今日のお昼ご飯はレレイのリクエストに応えるやつです」

「やった！　お肉⁉」

「違います。玉子です」

「へ？　玉子？」

悠利の発言に、レレイは首を傾げた。自分のリクエストに応えるイコールお肉だと思っている辺り、肉食の自覚のある大食い女子である。まぁ、彼女は割と何でも食べるのだが。ご飯もお肉もお魚もお野菜も、甘い物だってどんとこいである。後、お酒もどんとこいだったりする。実に強靱な胃袋だった。

そんなレレイのリクエストで、悠利は玉子と告げた。何で玉子？　と言いたげなレレイに、悠利は理由を説明した。

「ほら、前にパセリの入ったバターライス作ったときに、玉子を載せたいって言ってたでしょ」

「言った！　玉子載せたら絶対美味しいやつだと思った！」

「なので、今日のお昼ご飯はそれです」

「本当⁉　やったー！　ユーリありがとうー！」

感動した勢いで悠利に飛びつこうとしたレレイは、両隣にいたクーレッシュとラジによって捕まえられた。何で？　みたいな顔をしているレレイだが、悠利は見事な反応を見せた二人に頭を下げた。感謝しかない。

「お前の馬鹿力で抱きついたらユーリが怪我する」

「感情が高ぶると飛びつくクセは直した方が良いと思う」

「……あぅ」

自分の馬鹿力は自覚しているレレイだった。普段はその素晴らしい腕力で良い感じに依頼をこなしているのだが（主に力仕事だったり魔物退治だったりである。繊細な作業を伴う力仕事は無理だった）、か弱い悠利を相手にするときは気遣いが必要なのだ。うっかりそれを忘れるのがレレイであるが。

何しろ、彼女にとっては普通のこと。一般人でもあるだろう。ちょっと感極まって力が入っちゃった、というアレだ。

問題は、レレイの力が強すぎて、その「ちょっと力が入っちゃった」のレベルが悠利の骨が軋むレベルだという話なのである。一応怪我をしたことはないが、骨がみしみしと音を立てたり、窒息しそう、みたいになったことはある。悪気がないのは解っているので、別にそれで関係が悪くなったりはしていないのだが。

「とりあえず、お昼ご飯に玉子を載せたバターライスを用意するから、皆は午前中のお勉強頑張ってね」

「解った！　頑張る！」

「本開いて数分で寝るなよ？」

「寝たら起こして！」

「自力で頑張る気は皆無か！」

レレイはとても潔かった。真面目に静かに座学のお勉強をするのは苦手なタイプである。決して頭が悪いわけではない。ただ、本を読むと眠くなるらしい。

そんなレレイを連れて、クーレッシュとラジは去っていった。今日は一緒に座学の勉強らしい。きっと、レレイがうっかり眠ったらクーレッシュが叩き起こして、それでも起きなければラジが叩き起こすのだろう。力の差という意味で。

頑張ってねーと三人を見送る悠利はいつも通りだった。こんな賑やかなやりとりも日常で、慣れたものなのである。


「と、いうわけで、今日のお昼ご飯はスクランブルエッグを載せたバターライスです」

「諾」

「後は、朝ご飯の残りのサラダとたっぷりキノコとベーコンのスープ。……物足りないと思う？」

「お代わり」

「……ん？」

悠利の質問に、マグは淡々と答えた。答えてくれたのはありがたいが、悠利には何が言いたいのかよく解らなかった。残念ながら、今ここに通訳担当のウルグスはいない。

マグもそれは理解しているのか、少し考えてからもう一度口を開いた。自分で喋らないとダメだと判断してくれたらしい。……いつもそうだと良いのに。

「ライスと玉子、お代わり」

「えーっと、おかずを増やすんじゃなくて、スクランブルエッグとバターライスをお代わり出来るようにしておくってこと？」

「諾。……喜ぶ」

「お代わりがある方が喜ぶってこと？」

「諾」

こくり、とマグは頷いた。悠利はそうかなぁ？　と首を傾げているが、マグの意見をひとまずは採用することにした。バターライスは混ぜるだけだし、スクランブルエッグは多少冷めてしまうかもしれないが、余分に作っておけば良い。残ったら残ったで、誰かのおやつとして夕方には消費されるに違いない。

そうと決まれば、準備開始だ。

「とりあえずマグは、パセリをみじん切りにしてもらって良いかな？　僕、スープとサラダの調整するから」

「諾」

職人気質なところのあるマグは、細かい作業が得意だ。みじん切りもお手の物だし、大量だろうと苦に思わない。ある意味で適材適所だった。

悠利に任されたマグは、パセリを水洗いして手頃な大きさに千切ると、まな板の上でみじん切りにし始める。切り終わったらボウルに入れて、また別のパセリを千切ってみじん切り。同じ作業の繰り返しを黙々とやっている。

そんなマグのおかげで、悠利は温めるのを繰り返して少し煮詰まってしまったスープの味を調整したり、分量がちょっと足りないサラダにトマトを切ってかさ増しをしたりが出来た。役割分担は大事である。

パセリを大量に入れたバターライスは、とても簡単に作れる。熱々ご飯にバターとパセリを混ぜるだけだ。量が多いと混ぜるのが大変なので、ボウル二つで対応することにする。

「ボウルにライスを入れたら、バターを全体に馴染むようにしっかり混ぜてね。それが終わったら、パセリのみじん切りを入れてまた混ぜます」

「諾」

マグは悠利の説明にこくりと頷くと、ボウルに熱々のご飯を入れて、そこにバターを投入した。じゅわりと溶けるバターが一カ所に固まらないように満遍なく混ぜる。程なくして、ご飯はうっすら黄色に染まった。

そこへみじん切りにしたパセリをどばっと入れる。ちょっと入れすぎかな？　ぐらいの量を投入するが、混ぜてみると意外とそんなことはない。これも全体に馴染むようにせっせと混ぜれば、薄い黄色のご飯を細かい緑が彩る実に鮮やかなバターライスが完成した。

「後はこれを器に盛りつけて、スクランブルエッグを載せるだけです」

「玉子」

「大きなフライパンでまとめて焼いて、ライスの量に合わせて盛りつければ良いと思うんだよね」

「諾」

両手に小振りなフライパンと大きなフライパンを持ったマグに、悠利は使うフライパンを示した。小振りなフライパンは目玉焼き一人分という感じの大きさだ。それで作ると時間がかかるので、大きなフライパンでまとめて作るのである。

そう、そのための、スクランブルエッグである。

これがオムレツだったら、そうはいかない。一つずつ作らなければいけないだろう。だってオムレツはその綺麗な形が売りなのだから。切ってしまったら何となくテンションが下がる。

しかし、スクランブルエッグならばまだ誤魔化せる。そもそも、元々の形がきちんと整っているわけではない。炒り卵のようにバラバラにはなっていないが、オムレツや玉子焼きのように決まった形があるわけではない。だからこそ、まとめて作ってほしい分だけ取るという方法をとっても、不恰好にはならないはずだ。

スクランブルエッグ自体はそれほど難しくはない。火加減に注意して、好みの焼き加減にすれば良いだけだ。

ただ、今日の悠利はひと味違う。ただのスクランブルエッグではなく、半熟とろとろの柔らかなスクランブルエッグを作りたいのだ。何故なら、その方がバターライスと良い感じに絡みそうな気がしたからだ。

「今日は玉子に牛乳を混ぜて、柔らかいスクランブルエッグを作ります」

「……牛乳？」

「ふわっと仕上がるんだよ。生クリームでも良いけど」

そう言いながら、悠利（ゆうり）は割った玉子に牛乳を加えてよく混ぜる。黄色と白が混ざって、クリーミーな黄色になっていた。柔らかく優しい色合いだ。

そこへ、味付けとして塩を入れる。ただし、風味を感じる程度を目安にしているので、あまり多くは入れない。そんな悠利を、マグは不思議そうに見ていた。

「何も入れないと味がしないから塩を入れてるだけだよ。物足りない人はケチャップかけてもらうから」

「……後付け？」

「そもそもバターライスに味があるでしょう？　だから、玉子まで濃い味にしちゃうとぶつかると思うんだよね」

「なるほど」

　バターライスが主役か、スクランブルエッグが主役かは悩むところだ。しかし、玉子の味が濃すぎればバターライスの風味を楽しむことが出来なくなる。それでは悲しいので、悠利は塩を少量入れるだけの薄味のスクランブルエッグを焼くことにしたのだ。

　その説明で納得したのか、マグはそれ以上質問はしてこなかった。ただ、悠利の手元をじぃっと見ている。

「温めたフライパンにオリーブオイルを入れて、中火ぐらいにします。で、そこに卵液を流し入れて、焼きます」

「ヘラ？」

「お箸(はし)よりヘラの方が全体をざっくり混ぜやすいかなって」

焦げ付かないように、固まらないように、木ベラで優しく卵液を混ぜる。牛乳が入って液体っぽくなった卵液は、フライパンの中でゆるゆると固まっていく。そのまま放っておくと厚焼き玉子みたいになるので、木ベラで混ぜて均等に火を通すのだ。

火が強すぎると焦げ目が付いてしまうので、そこは少しだけ注意が必要だ。縁が固まってきて、真ん中にとろとろが残った塩梅で火を止める。木ベラで裏面を持ち上げてもくっつかなければ、完成だ。

出来上がったスクランブルエッグは、そろりとバターライスの上へと載せる。ご飯の量と玉子の量のバランスを考えながら盛りつける。地味にコレが難しい。多くても少なくても変な感じになるからだ。

そして、味見用の小さな器にもスクランブルエッグを載せる。皆にケチャップを勧めるかどうかも含めて、味見は大切です。

「それじゃマグ、味見をどうぞ」

「諾」

差し出された器を、マグは大事そうに受け取った。艶々(つやつや)ぷるぷるの半熟スクランブルエッグを眺めてから、スプーンで掬（すく）って口に運ぶ。

　牛乳効果がちゃんと出ているのか、いつものスクランブルエッグよりもふわふわと柔らかい。半熟になるように調整したので、とろとろでもある。そのふわとろスクランブルエッグとバターライスが溶け合って、口の中で旨味がぶわりと広がる。パセリの風味を持ったバターライスに玉子が加わって素晴らしいバランスを保っていた。

　スクランブルエッグはシンプルに塩だけ。それも風味を感じる程度の薄めな味付けだ。しかし、それがバターライスの旨味を殺すことなく調和する一因となっている。確かにちょっと薄いと感じる場合もありそうだが、これはこれでとても美味しい。

　その上で、悠利はすっとケチャップを取り出した。意図を理解したマグは、何も言わずに無言で器を差し出した。二人の気持ちは通じ合っていた。

　味見用は分量が少ないので、ケチャップも少しだけ。鮮やかな赤が黄色の上に載った。それを確認して、二人は再びスプーンを手にした。いざ！　みたいなノリで残ったスクランブルエッグとバターライスを掬う。

　先ほどまでとは違って、ケチャップの味が口の中を満たす。しかし、それは決してスクランブルエッグやバターライスの味をかき消すものではない。むしろ、互いに引き立て合っている。黄金比はここにあったのだ！　みたいな感じの完璧（かんぺき）さだった。美味しい。

「ケチャップあるのも美味しいね」

「美味」

「それじゃあ、頑張ってスクランブルエッグ作ろうか」

「諾」

お代わり分をたっぷり用意しておこうと二人は頷き合った。バターライスは既に大量に用意してあるので、後はスクランブルエッグを大量に作るのである。木ベラを片手に張り切る二人なのでありました。


そんなこんなで昼食の時間。念願のスクランブルエッグ載せバターライスを目にしたレレイは、ぱぁああああっと顔を輝かせた。そんなに嬉しいの？　と思わず聞きたくなるほどの輝きである。大変解りやすい。

「ユーリ、ユーリ、これ、あそこに玉子いっぱいあるの、お代わりして良いってこと⁉」

「食べる前からお代わりの確認をする辺りがレレイだよねぇ」

「ねぇ、お代わりして良いの⁉」

「良いよー。ただし、皆が食べる分も考えてねー」

「うん！」

満面の笑みを浮かべるレレイ。その笑顔を見て、悠利はレレイと同席するクーレッシュとラジへと視線を向けた。男二人は悠利の言いたいことを理解しているので、神妙な顔でこくりと頷いてくれた。

今、とてもイイ笑顔でお返事をしてくれたレレイであるが、実際にお代わりをするときに今の会話を覚えている可能性はとても低い。何せ、彼女が食べたがっていた料理がそこにあるのだ。美味しいと思ったら突撃する可能性は否定出来ない。

「味が薄かったらケチャップをかけてください。スクランブルエッグもバターライスもお代わりがあるので、喧嘩しないように食べてください」

言うべきことは全て言ったので、悠利は大人しく席に着く。別に詳しい説明をするような料理でもないので、皆も元気な返事をするだけでそれ以上何も言ってこない。

味見で確認しているので、悠利はケチャップは控えめだ。とろとろ半熟のスクランブルエッグが艶々と輝いている。スプーンで上から下までざくっと掬ってスクランブルエッグとバターライスを口へと運ぶ。ケチャップはほどほどだが、ちゃんとアクセントになっている。

バターライスはバターの旨味とパセリの風味が優しく混ざって広がる。それをふわとろのスクランブルエッグが包み込んでくれるのだ。そこにケチャップの酸味が加わって、口の中でハーモニーを奏でている。

確かに、このバターライスに玉子が合うと言ったレレイの判断は正しかった。実に素晴らしい料理になっている。改めて悠利は美味しいと思った。

それは他の仲間達も同じようで、皆、もりもりとスクランブルエッグ載せのバターライスを食べている。ふわとろのスクランブルエッグも好評だった。

そしてやはり、誰よりも喜んでいるのはレレイだった。

「玉子とろとろで美味しいね！」

「半熟だからバターライスに絡むよな」

「いくらでも食べられちゃうよ！」

「『考えてからお代わりしろ』」

「何でハモるの⁉」

ばくばくと大口で食べながら満面の笑みで告げるレレイに、クーレッシュとラジは静かに、けれどきっぱりと言いきった。見事な異口同音だった。まるで計ったかのようなタイミングである。

まぁ、彼らがそう言うのも無理はなかった。レレイは沢山食べる。とてもとても食べる。その彼女が遠慮なしにお代わりをしたら、用意されている分が食べ尽くされる可能性があるのだ。

気遣いの出来る男二人がレレイを止めたのには、勿論理由がある。周囲の皆の反応が、美味しいからお代わりしたいね、みたいになっているからだった。お代わり希望者が多そうなので、レレイを野放しにしてはいけないと思ったらしい。とても正しい判断だった。

二人にブレーキをかけられたレレイは、一瞬だけふてくされたような顔をしたけれど、すぐに気を取り直して目の前のご飯に集中することにした。とりあえず食べてから考えようということらしい。実にレレイらしい。

スプーンに山盛り掬ったスクランブルエッグとバターライスを、あーんと大きく開けた口の中へと入れる。半熟とろとろのスクランブルエッグのとろりとした食感を楽しみつつ、風味豊かなバターライスを堪能するのだ。

パセリが程良いアクセントとして存在を主張するのも良い感じだ。バターと混ざっているおかげか、パセリの独特の風味が和らいでいるので食べやすい。バターライスだけでも十分美味しいのだが、とろとろのスクランブルエッグと一緒に食べると更に美味しいのだ。

レレイは濃い味付けが好きなので、ケチャップもかけている。トマトの酸味と程良い甘味のケチャップと玉子の相性は抜群なので、今も良い仕事をしている。とろっとろのスクランブルエッグとケチャップが混ざり合って、とても素晴らしいバランスを保っているのだ。

「美味しいねー」

「確かに、滅茶苦茶美味い」

「玉子載せてって言ったあたし、偉いでしょ！」

「偉い偉い」

にぱぁっと笑うレレイに、クーレッシュは適当な相づちを打ちながらも同意した。レレイは別にそれに怒ることもなく、幸せそうにスクランブルエッグ載せのバターライスを食べている。食べ終わったらお代わりをしに飛んでいくのだろう。そんな気配がダダ漏れだ。

食べることが大好きで、自分が食べたいものを素直に悠利にリクエスト出来るレレイ。ある意味彼女はとても強かった。迷惑になるかな？　と考えて遠慮をしてしまう面々だと、こんな風に簡単にリクエストは出来ないものである。

けれど、リクエストのおかげで美味しい料理が食べられるので、誰も何も言わないのだった。皆だって、美味しいご飯は大歓迎なのだから。

「ところでユーリ、このスクランブルエッグ、いつものより柔らかい気がするんだけど、何で？」

「え？」

雑談の一つとしてクーレッシュに問われた悠利は、スプーンを銜えた状態で首を傾げた。ちょっと待ってね、と言うようにひらりと手を振って、口の中のものを飲み込む。

「口に合わなかった？」

「違う違う。美味いけど、何でいつもと違うのかなって思ったんだよ」

「それなら良かった。柔らかいのは、牛乳を入れてるからだよ」

「牛乳？」

「オムレツとかでもやるんだけど、牛乳を入れるとふんわりした玉子に仕上がるんだよね」

「へー」

そんな使い方があるんだなーと感心したようなクーレッシュ。いつものスクランブルエッグも美味しいが、今日のはいつも以上にふわふわとろとろだったので、理由が気になったらしい。

いつも通りのスクランブルエッグも、皆は好きだ。だが、今日のふわふわとろとろのスクランブルエッグも、とても美味しい。それは満場一致だったらしく、バターライスと併せてお代わりする人が続出だった。

沢山作ったバターライスもスクランブルエッグも、順調に減っている。その光景を眺めながら、「マグが言うように沢山作っておいて良かったなぁ」と思う悠利だった。特に喧嘩も起こっていないので一安心である。

別に特別な料理を作ったわけではない。いつも通りの、素朴な家庭料理だ。それでも、それをこうやって皆がわいわい言いながら喜んで食べてくれるのが、悠利にはとても嬉しい。美味しいものを皆で共有出来るのは、間違いなく幸せというものなのだから。

その後、パセリが残っている間にまた食べたい！　というリクエストをいただいた悠利。大量のパセリが順調に消費出来るので、良かった良かったと思うのでした。

「何かさ、いつもと違う味を食べてみたい気分なんだよ」

「まぁ、言いたいことは解るよね。たまにはちょっと冒険してみたい」

「いや、冒険はいらねぇんだけど」

うんうんと頷きながら悠利が告げた言葉を、ウルグスは真顔で否定した。ウルグスが言いたいのは、定番になっているのとは違う味付けで食べたいということだけである。悠利の言うような、ちょっとチャレンジ精神を発揮して、普段やらないような斬新な味付けを試してみよう、みたいなのとは違う。そこは違うのだと彼は全力で訴えた。

何故こんな風に訴えるのかと言えば、悠利の思考回路がウルグスには理解出来ないからだ。もっと有り体に言えば、時々ぶっ飛ぶのを知っているからだ。何だかんだで常識人のウルグスくんは、天然マイペースの悠利のぶっ飛び具合にはついて行けないのである。

勿論、悠利が作る料理が美味しいのは解っている。変な料理を出してくるわけがないという信頼うか。

もある。それでも予防線を張ってしまうのは、日常的にうっかりやらかす悠利を見ているからだろうか。

しかし、悠利にはウルグスが何をそんなに必死になっているのかがさっぱり解らない。だって当人はいつだって普通に生きているつもりなのだから。自分が多少天然であるという自覚はあっても、周囲の度肝を抜くレベルでぶっ飛んだマイペースだとは思っていなかった。世の中はそんなものである。往々にして自分のことは自分が一番解っていない。

「とりあえず、ウイングコッコのモモ肉だから、それに合わせた味付けにしようとは思ってるんだけど」

「けど、塩胡椒とか照り焼きは定番になってるだろ」

「定番、美味しくて良いと思うけど」

「美味いけど、今日は何か、違う味付けないかなぁって思うんだよ」

「まぁ、そういう日もあるよねぇ」

ウルグスの言い分を、とりあえず悠利は聞き入れた。気持ちは解らなくもない。ちなみにウイングコッコは空飛ぶ大きな鶏なので、その肉は普通に鶏肉と同じように使える。悠利にとっては味のイメージがしやすいので使いやすいお肉の一つだ。

普段はバイパーやビッグフロッグの肉をメインに使っているのだが、ちょいちょい仲間達がウイングコッコを狩ってくることが増えた。というか、肉も持って帰ってくれれば悠利が美味しく料理してくれるじゃないか、ということに思い至ったらしい。

なお、野菜やキノコ、果物に関してはもう随分と前からお土産の定番になっている、悠利としては食費が浮くので大変助かっている。《真紅の山猫》はとても平和である。

「違う味っていうけど、具体的にどういうのが食べたいとかある？」

「あ？」

「こってり系とか、あっさり系とか、何かそういうやつ。あるならそこから考えるけど」

「んー、改めて言われると悩むな……」

「そこで悩まれても僕も困るんだけど……」

せめて方向性だけでも決めてほしい、と悠利は訴える。味付けのバリエーションは悠利の頭の中に幾つかあるが、ウルグスが求めているのがどういう味付けなのかによって選択肢が決まるのだ。ちゃんと考えてほしいやつである。

言われたウルグスは、真剣な顔をして考え込んでいる。真面目な顔だった。悠利に言われて、改めて自分がどういう味付けの肉が食べたいのかを考えている。

しばらく考えて、ウルグスは口を開いた。

「モモ肉は脂があるし、さっぱり系で」

「ウルグスにしては珍しいね」

「そりゃ、俺はこってり系の方が好きだけど、脂のある肉はさっぱり系の味の方が食べやすいんだろ？」

「……まぁ、胃もたれはそっちの方がしないよね」

「だったら、そっちで」

「うん」

自分がいつもと違う味で食べたいと言ったくせに、判断基準は他の仲間達になっている。ウルグス自身はこってり系でもさっぱり系でも美味しく食べられるからというのもあるのだろう。それでも、そんな風に考えるウルグスに、悠利は素直な感想を告げた。

「ウルグスは優しいねぇ」

「……何だよ、いきなり」

「誰かのことを考えて選べるのって、とっても優しいことだと思うよ」

「や、止めろよ……。何かこう、背中がむずむずする」

「あははは」

そういう風に褒められるのは慣れていないのか、ウルグスは顔を真っ赤にして身を捩る。ぶんぶんと大袈裟に顔を左右に振る姿は、何とも言えず微笑ましい。思春期の少年は照れ屋さんなのである。

当人が照れているのでこれ以上は言わない方が良いだろうと判断して、悠利はその話題にはそれ以上触れなかった。ただ、どんな味付けがあるかなぁと考える。

小食組でも美味しく食べられるようなさっぱりした味付け。肉はウイングコッコのモモ肉。そして、出来るならばウルグスの口にも合うように仕上げたい。そんな良い感じのがあるだろうかと記憶を探る。

しばらくして、良いのが見つかったと言わんばかりに悠利は笑顔になった。

「梅味噌の照り焼きにしよう」

「梅味噌の照り焼き……？」

「いつもの照り焼きのタレに叩いた梅と味噌を混ぜたタレを作るの。これなら味は濃いけどさっぱりしてるから、きっとウルグスも気に入ると思うよ」

「お、おう……？」

悠利が何を燃えているのかウルグスにはよく解らなかった。しかし、悠利はただ、ウルグスの言うさっぱり系の味付けと、大食いメンツが喜ぶ濃い味付けの合わせ技が出来ないかと考えて思いついたのだ。

というのも、照り焼きは皆に愛されている料理法なのだ。照り焼きサンドか照り焼き丼かで大揉めするぐらいには、皆が大好きな料理法である。確かにこってり系ではあるのだが、小食組にも好評なのであった。甘辛いは強かった。

なので、その照り焼きのアレンジである梅味噌照り焼きバージョンならば、皆が喜んでくれるに違いないと悠利は思った。梅味噌を加えることでまろやかさと酸味によるさっぱり感が追加されるので、どちらの要望にも応えられると思ったのだ。

「とりあえず、梅干しを使うってことだよな」

「うん」

「それならさっぱりして、皆も食べやすいか」

「照り焼きがベースだからしっかりした味付けになるよ」

「んじゃ、それで」

「はーい」

いつもの照り焼きチキンとどう違うのかはまだ解らないのだろうが、ウルグスは悠利の提案を受け入れた。この辺は悠利への信頼の為せる業だろう。美味しいご飯は強かった。

「それじゃ、まずはタレを作るために梅干しを叩こう」

「おー」

「地味に大変なんだよねぇ……」

「……まぁ、梅シソカツのときよりはマシだろ？」

「アレに比べればマシ」

「なら大丈夫だ」

悠利の答えにウルグスは力強く答えた。梅シソカツを作るときには、具材として挟むために大量の梅干しを叩かなければならなかったのだ。それに比べれば、タレに使う梅干しを叩くのはそれほど大変ではない。確かに真理だった。

「それじゃあ、梅干しを叩くのはお願いして良い？　僕は肉の準備をするから」

「おう、任せろ」

仕事を分担して、二人は準備に取りかかる。ウルグスは梅干しを幾つか取り出してまな板の上に載せ、種を外してから実を叩いている。みじん切りにするように何度も何度も細かく叩くことで、タレと混ざるようにするのだ。

　そして悠利は、肉の準備に取りかかっていた。肉の準備と言っても、それほど大変ではない。ウイングコッコのモモ肉は、解体するときに使いやすい大きさに切り分けてくれているのだ。スーパーで売っているモモ肉一枚みたいな感じになっている。

　なので、特に問題がなければそのまま焼くことが可能だ。ただし、均一に火が通るようにするには高さは揃っている方が良く、厚みのある部分を切り開く作業が必要だった。厚みのある部分を切り取るのではなく、包丁を入れてぺらりと開くようにする。そうすると、ぺたんと同じ厚さでフライパンに載せることが出来る。

　せっせと二人で作業をして、育ち盛りの皆を満足させられるだろう分量の肉を悠利が切り終わった頃には、ウルグスも必要量だろうと言われた分の梅干しをきちんと叩き終わっていた。彼が一生懸命頑張った証拠に、まな板が梅干し色に染まっている。これは後ほど、ルークスが綺麗にしてくれるだろう。

「梅干しが叩けたら、タレを作ります」

「おう」

「叩いた梅干し、味噌、みりん、醤油を混ぜ合わせるだけです」

「そんだけか？」

「甘さが欲しかったら砂糖や蜂蜜を入れると良いよ」

「なるほど」

ボウルに材料を全て入れて、みりんと醤油の水分で味噌と梅干しを溶かすようにして混ぜる。いつもの照り焼きと何がどう違うのかと、ウルグスは興味津々だった。

全体が混ざったらタレの準備は完了だ。後は肉を焼いて、タレを絡めるだけである。

「それじゃ、お肉を焼いていきます。油は少しで、皮目を下にして焼き色を付けます」

「皮が焼けたらひっくり返すんだよな」

「そうそう」

焦げないように中火で皮の方から肉を焼いていく。ジュージューという肉の焼ける音と、焼かれた皮から滲（にじ）み出（で）る脂と、ふわりと鼻腔（びこう）をくすぐる香ばしい匂いが何とも言えない。肉の焼ける匂いというのは、とても食欲をそそるのだ。

それはともかく、均等に開いた甲斐（かい）あって、全体に同じくらいのタイミングで火が通る。肉の半分ほどに火が入った頃合いになると皮目も焼けているので、ひっくり返す。綺麗なきつね色になっている。

「もう半分も焼いて肉に火が通ったら、タレを絡めてちょっと煮詰めます」

「焦げたりしないのか？」

「煮詰めるときは火をちょっと弱めるから大丈夫」

「なるほど」

しばらく焼いてしっかり中まで火が通ったら、火を弱めてタレをかける。いつもの照り焼き用のタレと違って梅味噌が追加されているので、ちょっとドロッとしている。全体に満遍なくかけたら、

肉に絡めるようにして火を入れる。

味噌や醤油の焼ける香ばしい匂いが、ぶわりと広がった。肉の匂いとあいまって、何とも言えずお腹を刺激する。思わず腹の虫がくぅと鳴いてしまいそうなほどだ。

「……腹が減る」

「焼けるまで待って」

「おう」

「お肉はひっくり返しつつ、全体にちゃんとタレが絡むようにしてね」

「解った」

こんがりきつね色に染まっていた皮も、タレが絡んで茶色くなっている。叩いた梅干しは味噌と醤油の色に染まっており、焼かれたことで更に色は飛んでいるようだ。赤っぽい色はあまり見えない。

けれども、時折ふわりと香るのは間違いなく梅の匂いで、存在を主張している。何度も肉をひっくり返してタレを絡めて煮詰めたら、いよいよ完成だ。

「はい、出来上がり。味見しようね」

「待ってました！」

フライパンから取り出した肉はまな板の上に載せ、食べやすい大きさに切ってから盛りつける。なので、とりあえずちゃんと焼けているかどうかを確認するために、真ん中をズバッと切る。

火の通りが同じになるように開いた甲斐あってか、しっかりと火は通っている。端っこの方を食べやすい大きさに切ると、悠利（ゆうり）は小皿に肉を載せた。それから、フライパンに残っているタレをスプーンで掬（すく）ってかける。

「絡めてあるだけじゃ足りないかもしれないから、タレと一緒に食べてね」

「解った」

「熱いから火傷に気を付けてね」

食べやすい大きさに切られたウイングコッコの肉を、ウルグスはふーと息を吹きかけて冷ましてから口へと運ぶ。焼きたてはどうしても熱いのだ。タレも一緒に口に入れれば、ぶわりと広がるのは梅の酸味と味噌の風味だった。

いつもの照り焼きと似た甘辛い味も、確かにそこにある。けれど、味噌によってまろやかさが、梅によって爽（さわ）やかな酸味が追加されたそれは、いつもの照り焼きとはまったく別ものだった。似て非なる何かである。

梅の酸味は程良く、モモ肉の濃厚な脂を良い感じに中和してくれる。後味すっきりというか、口の中に無駄に残ることがない。醤油とみりんの照り焼きとしての味はあるのに、全体的にさっぱりとしていながらマイルドだった。

そして、ウイングコッコの肉が持つ旨味もまた、良い仕事をしている。パリッと焼かれた皮の食感と、じゅわりと肉汁が溢（あふ）れる柔らかな肉の食感が何とも言えない。どちらか一つではなく、両方あるからこその絶妙な味わいである。

「ウルグス、お味はどう？」

「美味い」

「それは良かった」

「後、ライスがめっちゃ進みそう」

「……お代わり対策にライスも余裕を持って準備するね」

「その方が良いと思う」

　また一つ、ご飯が進むおかずを作ってしまった。そんな気持ちになりつつ、ウルグスがそう言うなら皆にも美味しいと言ってもらえるだろうなと思う悠利だった。


　そして、夕飯の時間。ウルグスの言葉の通りになった。ご飯が、凄まじいスピードで消費されている。

「お肉もライスもお代わりありますけど、他のおかずもちゃんと食べてからにしてくださいねー」

　まるで寮母さんか母親みたいなことを言う悠利。仲間達は聞いているという証明のように手を上げたり、はーいと元気よく返事をしてくれている。しかし、ご飯も肉も減るスピードに衰えはなかった。

　結果を言えば、悠利の読みは当たっていた。照り焼きをベースに梅味噌を加えたウイングコッコのモモ肉は、大盛況である。照り焼きっぽい味付けということで肉食や大食い、濃い味が好きなメンツには大好評。梅が加わったことで酸味でさっぱりして食べやすいと、小食組にも大好評。梅味噌照り焼きは大成功だった。

「梅干しの酸味で脂がさっぱりして、食べやすいですねぇ」

「お口にあって良かったです」

「味が丸い感じがするのは、味噌のおかげですか？」

「多分そうだと思います」

にこにこと笑いながら梅味噌照り焼きを食べているのは、ジェイクである。普段はあんまりお肉に興味を示さない学者先生であるが、梅味は大好きなのでお気に召したらしい。梅干しも普通に食べるタイプなので、口に合ったらしい。

ジェイクは小食なのでご飯はお代わりしていないが、それでもいつもよりは箸が肉に伸びる。じゅわりと口の中に広がる肉の旨味と、存在感がありながらさっぱりした梅味噌照り焼きのタレにご満悦だ。実に幸せそうである。

そして今一人、特に顔にも言葉にも出していないが、梅味噌照り焼きを満足そうに食べている存在がいた。アリーだ。

梅農家の息子であるアリーにとって、梅干しは馴染み深い食材だ。というか、気付いたらそこにある、ない方が違和感を抱くようなものと言っても過言ではない。アジトにある梅干しは全て、アリーの実家から送られてくるものである。彼にとっては馴染んだ懐かしい味だ。

悠利が来てから、ちょこちょこと梅味の料理が増えている。梅干しをそのまま食べるのは酸っぱいから無理だと言う面々も、梅干しを調味料として活用した梅味の料理は美味しく食べている。苦手だと言っていた者達でさえも美味しく食べているのだ。元々梅干しが好きなアリーやジェイクが、喜ばないわけがなかった。そんなわけで、何だかんだでアリーの箸も進んでおり、しれっとご飯はお代わりされていた。

照り焼きは元々照り焼き丼が皆に喜ばれる程度にはご飯に合う。その上今日は梅干しが入っているので、更にご飯との相性がアップしているのだろう。ご飯と一緒に口に運んでは、肉の旨味で白米が美味い！　みたいな状態になっている者多数である。

良かった良かったとにこにこ笑顔で食事を続ける悠利の耳に、不意にアリーの声が届いた。呼ばれて、そちらへ視線を向ける。

「ユーリ」

「はい、何ですか？」

「美味いが、何でまた今日はこの味付けなんだ？」

梅味は皆に受け入れられているし、梅味噌照り焼きはとても美味しい。それは理解した上で、アリーは何故と問いかけている。悠利は意味がよく解らずに首を傾げた。

その悠利の疑問に答えるように、アリーは言葉を続けた。

「料理当番はウルグスだろう？　あいつは濃い味付けが好きじゃなかったか？」

言われて、悠利は何でそんな質問をされたのかを理解した。料理当番の特権は味見であるが、何だかんだと悠利と一緒に献立を考えるので、料理当番の好きな味付けになることが多いのだ。勿論(もちろん)、そうではないこともあるが。

「いつもと違う味が食べたいけど、小食組でも食べられるようなさっぱり系にしようって話になったんです」

「……ほぉ」

「食べる人のことを考えたんだと思いますよ」

「そうか」

悠利の説明を聞いて、アリーは口元を綻ばせた。食べ盛りで食欲旺盛なウルグスが、自分以外の誰かのことを考えて味付けを選択したことを喜んでいるようだった。そういった、日常生活でふと表れる気遣いというのは、とても大きな成長だ。当人が意識していない部分だからこそ。

ここに所属しているのは、トレジャーハンターを目指す冒険者達である。よほどのことがない限り彼らは、パーティーを組んで行動する。そして、そうでなくとも依頼主やギルド職員との関係が必要になる。さりげなく他人を思いやれるようになるのは、とても良いことだった。

そういった部分は、将来独り立ちをしたときに確実に力になる。けれど、言葉で教えてどうにかなるものではない。日々の生活で、他者と譲り合ったり相手を慮ることを自分で覚えていくしかないのだ。だからこそ、そのウルグスの成長をアリーは喜ぶのである。

そんな風にアリーに感心されているなんて知りもしないウルグスは、他の見習い組と一緒に大皿の上の肉を取り合っていた。気心知れた見習い組同士の間に、遠慮は無用である。食事は常に弱肉強食だ。

「ウルグス、大きいやつばっかり取るのズルい！」

「別にたまたまだろ！」

「そういうヤックは、タレが沢山載ってるところばっかり取ってる！」

「そ、そんなことないよ！」

ぎゃーぎゃーと賑やかに騒いでいるのは、ヤックとウルグスとカミール。まぁ、騒いでいるとは言っても、他の人の邪魔になるほどではない。いつものやりとりだ。

騒々しい三人が互いに牽制しながら大皿の上の肉を取り合っているという光景。では、今一人の同席者であるマグはと言えば、静かに、黙々と食事をしていた。とても静かに。

……そう、気配すら感じさせないほどに、三人の意識から自分の存在が消えているのを理解しているような、とてもとても静かな食事風景である。そして、その静かな状態で、騒いでいる三人の視線が自分に向いていないのを確認し、素早く小振りな肉を取っていた。気付かれないように。

「……美味」

肉の旨味と梅味噌照り焼きの味付けを堪能し、マグは一人ご満悦だった。口が小さいので小振りな肉を齧って食べている。そして、すかさずご飯を口の中に放り込む。肉汁とタレを吸い込んだご飯が実に素晴らしいハーモニーを奏でていた。

……特筆すべきは、一口は小さい割に咀嚼が速いのか、何だかんだでマグの手が大皿に伸びるペースが速いことである。静かに、黙々と、それでもきっちり肉を確保して食べていた。多分彼が一番強者である。

その光景を見ていた悠利は、思わずうわぁと呟いてしまった。騒いでいる三人が気付いていないだけで、多分、マグが一番食べている。喋るために口を動かしている三人に対して、マグはひたすら食べるためだけに口を動かしているからだ。

「どうした、ユーリ」

「いえ、マグが一番油断出来ないのかなぁって思って」

「あ?」

「アレです」

悠利(ゆうり)に促されたアリーは見習い組のテーブルの光景を見て、納得したように「あぁ」と呟いた。

騒々しい三人は叱るほどではないのでお怒りはなかった。ただ、皆の隙を突くように上手に肉を手に入れているマグの姿に、呆(あき)れたような感心したような顔をするだけだ。

三人がマグに気付いていないのも、マグは元々口数が少ないからだ。出汁関係以外のときはそこまで暴走しないので、余計にだろう。

しかし、暴走しないだけで、何だかんだで気に入ったらもりもり食べる性質ではある。喋るよりも確実に手に入れる方が吉とでも思っていそうだ。そういう意味での、生存本能みたいな方向性での抜け目のなさは、マグがダントツかもしれない。

そんな色々とアレな見習い組のテーブルの光景をしばらく眺めてから、アリーは口を開いた。表情こそ尤(もっと)もらしく取り繕っていたが、声はどこか呆れていた。

「まぁ、極端に誰かが食べてないとかじゃなさそうだから、放っておけ」

「そうですね」

余計な口を挟むのも面倒くさかったのか、アリーは放任することに決めたらしい。悠利もそれに倣った。自分のご飯が大事だったので。

ぎゃいぎゃい騒ぐ見習い組の声をＢＧＭに、お肉美味しいなーと暢気に食事を続ける悠利なのでした。

なお、梅味噌じゃなくて梅の照り焼きも出来るのではないか？　という意見が出て、次は梅干し入りのシンプルな照り焼きを作ることが決定しました。割と良くあることです。

閑話二　酒の肴にクリームチーズのだし醤油漬け

「え？　晩酌するからおつまみが欲しい？」

「そう」

「そうなんだ」

「そうなのよー」

お願い、と仲間達に拝まれて、悠利はきょとんとした。こんな風にお願いされるのはとても珍しい。なお、お願いしてきたのはレレイ、クーレッシュ、マリアの三人だ。ちょっと珍しい組み合わせである。

いや、別に珍しいわけではない。彼らは同じ訓練生だし、何だかんだで一緒にいることもある。ただ、どちらかというと、レレイとクーレッシュ、レレイとマリアという組み合わせで、三人でいることは少ない。

で、そんな珍しい三人からの、おつまみのリクエストだ。何でそういうことになったんだろう？と悠利は思った。別に仲間達が晩酌をするのは構わないし、レレイもマリアも酒豪なので美味しそうにお酒を飲んでいる姿は良く見ている。

そこまで考えて、悠利はちらりと心配そうにクーレッシュを見た。この世界の成人年齢である十八歳のクーレッシュも、勿論お酒は飲める。ただ、普通に飲めるという範囲であり、横にいる酒豪女子と同じレベルで飲んだら確実に潰れる。口当たりの良い酒を飲み過ぎて唸っていることもあるぐらいなのだから。

そんな悠利の視線に、クーレッシュは大丈夫だと言いたげに頷いた。

「心配するな。俺はラジやヤクモさんと飲むから」

「へ？」

「あたしはマリアさんとフラウさんと飲むのー！」

「……あー、男子チームと女子チームに分かれて晩酌するんだ？」

「「そう」」

それなら安心だなぁ、と悠利は思った。女子組と男子組に分かれていれば、クーレッシュがレレイのペースに巻き込まれて大変なことになることはあるまい。

そこまで考えて、珍しい人が晩酌に付き合ってくれるんだなぁ、と悠利は思った。ヤクモは訓練生ではあるが客分扱いで、若手組からは信頼する大人枠に位置付けられている。気楽にお茶をしたり晩酌を共にしたりというポジションにはいない。

「ヤクモさんが一緒って珍しいよね」

「色々話を聞かせてもらうことになった」

「あー、なるほど」

「そんなわけなんで、おつまみください」

ヤクモは故郷を出てあちこちを旅してここに辿り着いているので、色々と知識が豊富だ。その彼の話を聞きたいというのはまあ、解らなくもない。知ることは大切だ。

それもあるので、クーレッシュはおつまみのリクエストに来たらしい。しかし、女子組も男子組も晩酌をするとなると、沢山作らなければダメだろうか、何を作れば良いだろうかと悠利は考えてしまう。

そんな風に真剣に考えている悠利に、レレイが声をかける。のほほーんとしたいつも通りの口調で。

「あのね、ユーリ。クラッカーとかナッツとか、食べるものは用意してあるんだよ」

「へ？」

「だから、ユーリに沢山作って欲しいってわけじゃないよ」

「はい……？」

おつまみが既に用意されているのならば、何故自分に頼むのか。意味がよく解らなくて、悠利は首を傾げた。多分悠利は悪くない。説明が足りていないのだ。

その辺りを理解してか、クーレッシュが口を挟む。レレイの足りない部分を補うのは彼の仕事になりつつある。頑張ってほしい、色んな意味で。

「こっちで用意したおつまみはあるんだけど、それはそれとして、何かユーリが作ってくれたのが食べたいなって話になったんだよ」

「そうなの？」

「と、言うわけで、あんまり手の込んだものじゃなくて良いから、何か頼めるか？」

忙しいのにごめんな、と拝む仕草をしてくるクーレッシュに、悠利は仕方ないなぁと言いたげに笑った。こんな風にお願いされたら、やる気が出てしまうのだ。

「うん、解ったよ。何か考えて、準備しておくね」

「ありがとう」

「わーい、ユーリのおつまみー！」

「楽しみにしてるわねぇ」

ストレートに感謝の言葉を向けるクーレッシュに、大喜びで飛び跳ねているレレイと、その隣で艶やかに微笑むマリア。悠利のおつまみが食べられると解って、三人共とてもご機嫌だった。とても解りやすい。

鍛錬があるからと去っていく三人を見送って、悠利はどんなおつまみを用意しようかと冷蔵庫の中身を確認した。手軽に作れて、それなりに数が確保出来るものはないかと思うのだ。

幸いなことに、さっき聞いた晩酌メンバーには、特に嫌いなものやアレルギーなどはない。つまり、どの食材を使ってどんなおつまみを作っても大丈夫ということだ。これはとても重要なことです。せっかくなら楽しく美味しく食べて欲しいので。

「用意してるのがクラッカーやナッツってことは乾き物だから、そうじゃない感じの何かが出来れば良いんだけどなー」

とはいえ、夕飯の準備もあるのであまり手間暇をかけたおつまみを作るのは難しい。いや、出来なくもないのだが、そうすると時間配分を考え直さないといけない。

それに、そんな風に悠利の負担になったと知ったら、皆は申し訳なく思うだろう。それが解っているので、悠利としても無理なく作れるおつまみは何かなーと考えているのだった。

しばらく冷蔵庫の中身を確認し、悠利はある食材を見つけた。そのままでも十分におつまみになりそうな食材、クリームチーズである。

「確か、フラウさんもいるって言ってたよね」

指導係の弓使いフラウは凛々しい姐さんのような女性である。そしてそんな彼女の好物はチーズ。チーズならばどんな種類でも好きらしい。

簡単に作れて、更には喜んでくれる人がいるのが解っているおつまみ。悠利の頭にあるレシピが思い浮かんだ。

「よし、クリームチーズのだし醤油漬けにしよう」

何を作るか決まれば、悠利の行動は早かった。そもそも、今から作るものはとても簡単に作れるのだ。そりゃもう、簡単に。だから選んだのだが。

まず、クリームチーズを一口サイズのサイコロ状に切り分ける。ひょいひょいと気軽につまめる大きさだ。酒のつまみに出すのだから、一口でぱくんと食べられる方が良いだろうという判断だった。

全てのクリームチーズを切り分けたら、ボウルに入れる。別にボウルでなくても良いのだが、それなりの量を作るので今回はボウルである。

本当は、プラスチック製保存容器のような密封出来る袋があれば一番なのだが、この世界にはないので仕方ない。

ボウルにクリームチーズを入れたら、そこへだし醤油を入れる。なみなみと、全体が漬かるように入れたら完成だ。後は馴染むのを待つだけである。

ここでは、だし醤油であることがポイントである。普通の醤油で作ると辛くなってしまうのだ。だし醤油は普通の醤油よりも旨味成分が多いのかマイルドに仕上がるのである。

めんつゆや白だしなどでやっても良いかもしれない。そこら辺は、個人の好みで調整するところだろうか。とりあえず悠利の頭にあったのはだし醤油なので、本日はだし醤油を使っている。

「それじゃ、後は冷蔵庫に入れておいて、夜に出そうっと」

仕込むだけで後は何もやらなくて良い。この程度の労力のおつまみだったら、出された側も罪悪感を抱くことなく受け取ってくれるだろう。

少なくとも、あの場にいなかった面々はそういう反応を見せそうだと思った。自分達の都合で悠利の仕事を増やすのは悪いと思うような性格をしている。

なお、悠利に頼んできた三人が何も感じていないかというと、そうでもない。彼らも無理はしないでくれという態度だったし、多分今度どこかに出かけたらお土産に食材を持って帰ってくるだろう。そういう方向での気遣いをしてくれるのだ。

何はともあれ、頼まれた仕事は果たした。悠利には他にも仕事が、やるべきことがある。

「よーし、今日も家事頑張るぞー」

趣味が仕事になっている少年は、そんな風に元気に日常に戻っていくのだった。

そして、恙なく夕飯を終えて後片付けも完了したタイミングで、悠利は冷蔵庫からクリームチーズの入ったボウルを取り出した。既に緩やかに晩酌は始まっており、クラッカーやナッツを自分達で用意して楽しんでいる姿が見える。女子組も男子組も楽しそうである。

ボウルの中のクリームチーズは、だし醤油の海でゆらゆらと泳いでいた。一つ一つが小さいので、ころりころりと動く様はどこか可愛らしい。時折ぷかりとだし醤油の海から表面が浮かび上がったクリームチーズがあって、仄かに茶色に染まった白が際立つ。

そう、だし醤油にしっかりと漬け込まれたクリームチーズは、うっすらと色が変わっていた。まるで煮玉子のようである。アレも真っ白な表面が醤油色に染まる様が見事なので。

ただ、煮玉子に比べると色は白い。ちゃんとクリームチーズだと解る程度には色が残っていた。それでも、ひょいと取り出してみると確かにうっすらと茶色に染まっているので、きちんと漬かっていることだろう。

流石に味見もせずに提供するのは悠利の主義に反するので、適当なクリームチーズを一つ取って口へと運ぶ。口に入れた瞬間に感じるのはだし醤油の味で、続いて噛むことによってクリームチーズの風味が広がる。

ここがミソで、クリームチーズのまろやかな旨味と柔らかな食感に、だし醤油の風味が上手に調和していた。ただのクリームチーズよりも濃厚な、けれど後を引くような強烈さはどこにもない。

酒のつまみとして、十分に仕事を果たしてくれそうだった。

「よし、大丈夫そうだから、二つの器に盛り付けてーっと」

女子組と男子組に分かれているので、器も二つ必要だ。せっせとクリームチーズを器に盛り付ける悠利(ゆうり)。なお、使っているのは細かい穴の空いた大きめのスプーンみたいな道具だ。中身だけを掬(すく)い上(あ)げられる便利な品である。

せっせと盛り付けていると、不意に視線を感じた。誰だろうとそちらへ視線を向けた悠利は、水を入れに来たらしいアロールと目が合った。

「……えーっと、アロール、何？」

「それは僕の台詞かな。何してるの」

「おつまみ準備してる」

「……何してるの、本当に……」

呆(あき)れたような顔をされてしまった。夕飯の後片付けも終わったのに仕事をしている悠利が気になってしまったらしい。そんなアロールに悠利は、晩酌をするからおつまみを作ってほしいと頼まれたことを伝えた。

伝えた瞬間、ますます呆れたような顔をされた。何故だろう。

「君は働き過ぎなんだよ。あんまりホイホイ引き受けるんじゃない」

「えー？　でもこれ、切って漬け込んでおいただけだよ？」

「何を作るか考えて、その量を切って準備するだけでも手間だろ」

「そうでもないよ？」

　実際、コレは本当に簡単に作れてしまったので、悠利は別に苦とも思っていない。そもそも、気を遣わせないようにお手軽レシピのおつまみを選択したのだし。

　そんな悠利を見て、アロールは盛大に溜息を吐いた。処置なし、とでも言いたげである。……十歳児に呆れられる十七歳児という光景がそこにあった。割といつものことだが。

　アロールに何を呆れられているのかよく解らないままに、悠利は盛り付けたクリームチーズのだし醤油漬けを運ぶことにした。お話は後にして、晩酌中の皆にお届けするのが先である。

　とことことやってくる悠利の姿に最初に気付いたのは、レレイだった。悠利の手に器が載せられているのに気付いて、ぱぁっと顔を輝かせる。大変解りやすい。

「ユーリ、おつまみ？」

「うん、おつまみ。クリームチーズのだし醤油漬け。手が汚れるといけないから、フォークで食べてね」

「うん！　ありがとう！」

　はいどうぞ、と悠利は人数分のフォークと共に器をレレイに渡した。受け取ったレレイは、まるで物凄いお宝を手に入れたかのようにうきうきしながらそれをテーブルの上に置いた。

「クーレ、これ、そっちのやつー」

「おう、ありがとう。悪かったな」

「ううん。切って漬け込んだだけだから」

こちらも人数分のフォークと共に器を渡されたクーレッシュは、悠利に礼を言ってから受け取る。テーブルの上に置かれた器に、ラジもヤクモも不思議そうな顔をしていた。既におつまみはあるのにとでも言いたげだ。

対して、女性陣は行動が早かった。既にフォークで突き刺したクリームチーズを口へと運んでいる。……いや、本当に行動が早い。普段は慎重な面もあるフラウだが、チーズ大好きなのですぐに反応したのかもしれない。

「それはクリームチーズをだし醤油に漬けたものです。お口に合うと良いんですが」

「とても美味しい」

「そうですか。良かったです」

悠利の説明に食い気味で感想を言ったのは、フラウだった。どうやら、チーズ大好きな姐さんのお口に合ったらしい。クリームチーズを咀嚼（そしゃく）した後に、ぐびっとお酒を飲んでいる。おつまみとしても及第点をもらえたらしい。

そしてそれは、男性陣も同じようだった。普段から穏やかな表情のヤクモだが、より一層柔らかな優しい微笑みを浮かべて悠利に会釈をしてくる。その手にはフォークが握られているし、逆の手には酒の入ったコップが握られていた。流れるように酒を飲んでいる。

このクリームチーズのだし醤油漬け、地味に皆が飲んでいる酒の種類がバラバラでも美味しく頂けるおつまみになっていた。

というのも、エールやワイン組にとってはどんな味付けであろうともあくまでもチーズ。メインの味わいがクリームチーズなので、意外とだし醤油味でも合うようだ。

　そして、ヤクモである。彼は故郷の酒である清酒を飲んでいた。いわゆる日本酒的なアレである。エールやワインとは味わいが異なり、必然的に合うおつまみも変わってくる。ここで仕事をするのが、だし醤油だ。

　クリームチーズは元々まろやかな味わいが特徴のチーズである。ドカンとパンチが効いているわけではない。それでもやっぱりチーズなので、合うのは洋風のお酒っぽいイメージがある。それをだし醤油が包み込むことで清酒にも合うようになっているのだ。

　なお、お酒が飲めない悠利は、そんな難しいことは考えていない。とりあえず、簡単に作れるし美味しいからこれで良いや、ぐらいのノリである。実家にいた頃は家族の晩酌用に作りつつ、妹と一緒におやつ代わりに食べていたので味は知っているのだ。

「ユーリ、これ、面白い味だね！」

「だし醤油味だからね」

「優しい感じがして好きだよ」

「お口に合って良かったです」

　にぱっと笑うレレイ。彼女はいつでも素直に感想を伝えてくれる。美味しいものを全力で美味しいと伝えてくれるレレイの存在は、微笑ましい。そう、それ自体は。

　……まるでバトルのようにマリアとフォークの応酬をしてクリームチーズの取り合いをしている姿さえなければ、微笑ましいのだ。

「本当に美味しいわねぇ」

「美味しいですよねー」

「ちょっと癖になる味だわぁ」

「解りますー」

応酬をしていると言っても、別に険悪ではない。にこにこ笑顔で、これ美味しいよね！　と言いながら一緒に食べているだけだ。

ただ、持ち前の身体能力や動体視力で、何か凄まじい勢いで取り合いがされているだけで。それを見て、思わずフラウを心配した悠利だった。彼女はチーズが好きなのに、これでは食べそびれるかもしれない。

しかし、それは杞憂であった。

「ユーリ、これはとても美味しいな。わざわざありがとう」

「いえ、簡単だったので。……で、フラウさん、それ」

「流石にアレと張り合うつもりはないからな」

「なるほど……」

悠利の目に入ったのは、クラッカーやナッツを取り分けるためにか準備されていた小皿に、それなりの量のクリームチーズを確保しているフラウの姿だった。抜け目がない。美味しいと思った瞬間に、自分の分を確保したらしい。流石である。

男子組のテーブルはとても平和だった。美味しいですねと言い合いながら、互いに譲り合って食べている。女子組のテーブルとの差がエグい。

これなら大丈夫かと台所スペースに戻った悠利は、呆れた顔でまだそこにいたアロールに瞬きを繰り返した。てっきり、とっくに水を入れて部屋に戻ったと思っていたのだが。

「君って本当に、そういうところあるよね」

「心配してくれてありがとう」

「別に、心配なんかしてないし」

「そう？」

「そうだよ」

色々と素直になれないお年頃の十歳児は、そんな風にそっぽを向く。悠利が無理をしないように心配しての苦言だったのだが、それを正直に伝えるのは気恥ずかしいらしい。

まぁ、アロールがそういう性格なのは悠利も解っている。解っているから、それ以上その話題については触れなかった。口にしたのは別の言葉だ。

「アロール、口開けて」

「はぁ？　突然どうし……んむ」

「どうかな？」

振り返った瞬間に口に何かを放り込まれて、アロールは目を白黒させる。けれどすぐにそれが、悠利が少量残しておいたクリームチーズだと理解する。

口の中に、だし醤油の風味がぶわりと広がる。優しい旨味だ。わくわくとした視線に促されるように、アロールは小さなクリームチーズを噛んだ。歯に触れる柔らかな食感も、その瞬間に感じる味わいも、彼女が好きなチーズのそれだった。

チーズだけでは足りない旨味のコクが、口の中に広がっていく。チーズと醤油が合うのは知っている。以前、山芋と小松菜にチーズをかけて焼いたものにめんつゆをかけて食べたことがある。だからこの美味しさを、アロールは理解出来る。

出来るから、期待に満ちた目をする悠利に向けて、クリームチーズをちゃんと飲み込んでから答えた。

「……美味しいよ」

これが、たまたま居合わせたチーズ好きの自分への配慮だとアロールは知っている。そして、気を遣わせないように自分も摘まんでいることも。

「それなら良かった」

アロールの素直な感想に、悠利は嬉しそうに笑った。美味しいを共有してくれる誰かがいるのは、とても幸せだと言いたげに。

そんな悠利に、アロールは小さな声でお節介と言った。悠利は聞こえていたけれど、聞こえないフリをした。十歳児の意地っ張りとは上手に付き合うのが大切なのだ。気付いていても指摘しない優しさも、時には必要なのである。

「もうちょっとあるんだけど、食べちゃう?」

「……君ねぇ」

「………出汁」

「「うわぁ⁉」」

内緒だよ、みたいなノリで悠利が告げて、アロールが呆れた顔をする。そこへ、背後からぼそりと声が聞こえた。思わず二人して悲鳴を上げる。

早鐘を打つ胸を押さえながら二人が振り返れば、そこには赤い目をしたネズミがいた。じぃっと二人を見つめる眼差しに感情は宿っていないが、何を言いたいのかはよく解る。安定の、いつもの、出汁の信者である。

「……マグ、いつからいたの……？」

「出汁」

「待って。本当に待って。さっきまでいなかったよね？　いつ入ってきたの？」

「出汁、美味？」

「アロールぅ」

「知らないよ。そいつの隠形術は戦闘職でもなけりゃ気付かないんだから！」

必死に訴える悠利に、アロールは自分に聞くなと言いたげに叫んだ。マグはそんな二人のやりとりの間も、じぃっと悠利の手元を見ていた。悠利の手元、すなわち、クリームチーズのだし醤油漬けの入ったボウルを。

視線に根負けした悠利は、そっとマグにお裾分け（すそわ）をした。ボウルの中にはもう数個しかクリームチーズは残っていない。なので、それはそのままマグに渡された。

「それ以上はないからね？」

「諾」

「後、そもそもクリームチーズがもうないから、仕込むのも無理だからね？」

「諾」

思いがけず出汁の旨味が詰まった何かを食べることが出来て、マグはそれで満足しているらしい。いったいどこで聞きつけて、いつの間に湧いてきたのか。出汁の信者恐るべしと思う悠利とアロールだった。

翌日、これがあれば作れるんだろう？　と言わんばかりの顔でマグがクリームチーズを買ってきたので、おやつ代わりに再び仕込むことになった悠利だった。他の皆にも軽く摘まむのに美味しいと好評でした。

第三章　物騒ダンジョンの進捗報告

「それでは、マギサのところに行く前に、たっぷり収穫したいと思います！」

「キュピー！」

「……あー、ほどほどにな？　どうせお土産を貰うだろうから」

満面の笑みを浮かべる悠利と元気よく飛び跳ねているルークスに、リヒトは困ったような顔をしながらストップをかける。荷物は魔法鞄に入れるので持ち運びに困ることはないのだが、それでもやはり、ツッコミを入れてしまうのだった。

今日も悠利は、お友達であるダンジョンマスター・マギサが待っている採取ダンジョン収穫の箱庭に遊びに来ていた。遊びに、である。一応食材を採取するという名目もあるのだが、八割ぐらいはマギサと遊ぶのが目的である。だって悠利にとってここは、友達の家なのだから。

そして、そんなお気楽極楽な悠利の同行者として選ばれたのが、リヒトだった。何故なのかは誰にも解らないが、リヒトはマギサにとてもとても好かれていた。何もしなくとも、顔を見せただけで「オ兄サンモ来テクレタノ？」と嬉しそうに反応される程度には、愛されている。何故かはやっぱり誰にも解らない。

誰にも理由は解らないが、とりあえず思考回路が人間とは異なるダンジョンマスターのマギサの機嫌が良くなるならと、リヒトが悠利の同行者に選ばれた。リヒトとしては、来る度に何か胃が痛くなるようなことが起こるので、ちょっぴり警戒してしまうのだが。

そう、何かが起こるのだ。

ここは王都からほど近く、徒歩十五分ぐらいで来られる立地だ。また、戦う力を持たない一般人の皆さんも普通に入ってくるダンジョンである。ダンジョンマスターの意向によって王都の人々と友好的な関係が築かれており、ダンジョンと言いつつも農園とか果樹園とかみたいな感じになっている。とても平和なダンジョンである。

そう、とても、とても平和で、武器なんて持ったことがない一般人だって安心して足を踏み入れられるダンジョンなのだ。

けれど、悠利がのほほんとそこへ足を踏み入れると、何かが起きる。いや、別に毎回毎回何かが起きているわけではない。ただちょっと、あまりにも不憫なのだが、リヒトが同行したときに何かが起きる確率が高かった。可哀想なことに。

一度目は、ダンジョンマスターの意向に反する感じに収穫物を採取して高値で売りさばく転売ヤーっぽい相手に遭遇した。姿隠しの魔導具で隠れていた段階で色々と怪しかったし、叩けば埃が出るように余罪がぽこぽこ出てきた。一応悪い人を捕まえたので、良いことはした。

二度目は、悠利の友達と言われるダンジョンマスターに会いたい（会ってどちらが友達として上かを教えてやりたいというアレである）と、駄々をこねたワーキャットの若様を連れての訪問のときだ。訪問自体は問題なく終わり、ダンジョンマスターと若様はお友達になった。微笑ましい光景だった。……その途中で若様誘拐未遂が起きなければ、とても楽しい一日だっただろうに。

悠利がこの収穫の箱庭で経験した大きな事件の中でも、悪い人に遭遇したケースにリヒトは居合わせてしまっていた。枕が変わると眠れないぐらい繊細なお兄さんなのに、胃が痛くなるような事件にばっかり遭遇している。とても可哀想だった。

なので今日も、何事もなく一日が終わってくれと祈りながら同行している。……ただ、そうやって祈っていたり、胃が痛いと思いつつも、悠利に誘われたら断らないし、マギサに歓迎されると拒絶出来ない辺りが、リヒトだった。優しいお兄さんである。

しかし、そんなリヒトと違って、悠利はのほほんとしていた。彼にとっては友達の家に遊びに来ただけであり、自分がトラブルを引っ張り寄せている自覚もないのでこうなる。今日は何を収穫しようかなーと鼻歌交じりになっている。うきうきだった。

「今日はキノコが充実してるみたいなので、キノコを収穫しますね！　あ、あと、果物も！」

「……ユーリ、俺の話は聞いてたか？」

「聞いてましたよ？　だから、キノコと果物だけにしておこうと思ったんですけど」

「……そうか」

悠利なりに一応リヒトの発言を踏まえての考えだったらしい。けれど、種類を絞ったところでうっきうきで大量に収穫したら同じことじゃないか？　とリヒトは思った。思ったけれど、それ以上は何も言わなかった。

二人と一匹で連れ立って、ダンジョンの中を歩く。このダンジョンは基本的に一本道で、かつ、どの部屋に繋がっているのか通路の入り口に記されているので、迷子になることはない。すれ違う人々も、のんびりと収穫を楽しんでいる。

……もう、どう考えてもダンジョンではない。観光農園か何かだろうか？　というレベルである。今更だが。

最初に向かったのはキノコのゾーンだ。このダンジョンで収穫出来る食材はランダムである。日替わりですらない。なので、入ってみないとその日は何があるのかが解らない。まぁ、悠利にとってはそこも楽しい要素なのだが。

そして今日のキノコのゾーンは、シイタケとシメジの日らしい。まるまるとした立派なシイタケや、小振りから大振りまでよりどりみどりのシメジが生えている。目の前の光景に、悠利の顔がぱぁっと輝いた。

「わぁ、美味しそうなシイタケとシメジ！　何を作ろうかなぁ」

うきうきしながら悠利はシイタケとシメジを収穫していく。ルークスもその隣で、ちょろりと伸ばした身体の一部でシイタケを収穫している。にこにこ笑顔の悠利と、楽しそうなルークス。実に微笑ましい光景だった。

そんな一人と一匹を眺めつつ、リヒトはゆっくりと息を吐きだした。色々と考えすぎてしまうお兄さんであるが、少なくとも目の前の光景は平和だった。美味しそうなキノコを選んで収穫しているだけの、実に穏やかな光景である。

「ユーリはキノコが好きだな」

「キノコは旨味が出ますからねー。色んな料理に使えますし、かさ増しにもなって便利ですよ」

「……そっちの理由で好きなのか？」

「いえ、食べる方でも好きです」

「そうか」

単純に味が好きとか食感が好きとかではなく、作り手側としての意見を述べられてリヒトはちょっと困惑していた。いや、相手が悠利なのだから、その方向性は別に間違ってはいないのだが。ただちょっと、好きな食べ物かを聞いたつもりだったので、ズレを感じただけなのだ。

そんなやりとりをしつつも、悠利はせっせとキノコを収穫し、リヒトも悠利に言われるままにそれを手伝う。通りすがる人々が兄弟を見るような微笑ましい顔で去っていくのもいつものことだ。

「キュピー！」

悠利から少し離れた場所でキノコの収穫に勤しんでいたルークスが大きな声を上げたのは、そんなときだった。滅多に出さない大声だったので、悠利もリヒトも弾かれたようにルークスの姿を探す。

このダンジョンは平和なダンジョンだ。何せ、ダンジョンマスターが人間に友好的なのだから。魔物もちらほらいたりするが、戦闘に発展するケースはとても少ない。好戦的なのはダンジョンコア近辺を守っている魔物ぐらいだろう。

だから、ルークスがこんな風に大声を上げる理由が解らなかった。魔物は悪さをしない。ならば何か厄介な人間がいるのかと身構えた二人だが、キュイキュイと大声を出しているルークスに切羽詰まった感じはなかった。

むしろその声は、どこか喜んでいるとか、興奮しているように思えた。思わず顔を見合わせる悠利とリヒトの前に、ぽーんとルークスが飛び出してきた。勢いよく跳ねてきたらしい。

「ルーちゃん、さっきからどうしたの？」

「キュ－ピー‼」

「え？」

「キュイ！　キュイ！」

見て見てー！　と言いたげにルークスが差し出したのは、大きな大きなシイタケだった。迷宮食材は大振りなものが多いのだけれど、それにしたって大きかった。形状がシイタケなのでシイタケなんだよな？　と思うレベルで。

具体的に言うと、そのシイタケは悠利の両手ぐらいの大きさだった。シイタケってこんな大きさだったっけ？　と思わず真顔になる悠利。その隣のリヒトも同じく。

しかしルークスは、人間二人の真顔になんて反応せずに、ふりふりと大きなシイタケを差し出してくる。こんなに大きいのあったよ！　という感じだ。……アレだ。幼児がレアな何かを見つけて先生や親のところに持ってくるような感じである。

「……キュピ？」

悠利とリヒトの反応が芳しくないことに気付いたルークスは、不思議そうに身体を傾けた。人間なら小首を傾げている感じだろうか。どうして喜んでくれないの？　みたいな反応だった。大きいのを見つけてきたら悠利が喜ぶと思ったようだ。

それに先に気付いたのはリヒトだった。こつんと悠利の肩を肘で突き、小声で告げる。

「もしかしたら、大きいのを見つけたらユーリが喜ぶと思ったんじゃないか？」

「へ？」

「ほら、白菜やキャベツのときに、大きいのを一生懸命選んでるだろう？　だから、シイタケも大きいのを見つけたらお前が喜ぶと思ったんじゃないかな」

「……あー、あー！　なるほど！　ルーちゃん、そういうことだったの？」

「キュ？」

突然大きな声を出した悠利に、ルークスは不思議そうに身体を揺らした。何が？　と言いたげである。しかし、悠利の中では一応話が繋がったので、ルークスが持っている巨大シイタケにそっと触れた。

そして、優しく笑って言葉をかける。

「僕が喜ぶと思って、大きなシイタケを探してきてくれたんだね？　ありがとう」

「キュピ！」

「あまりにも大きかったから、ちょっと驚いちゃったんだ。ごめんね？」

「キュピキュピ！」

通じた！　とぱぁっと目を輝かせるルークス。どうぞ、と巨大シイタケを改めて悠利に差し出してくる。悠利はそれを受け取って、大きな大きなシイタケを色々と確認して、大事そうに学生鞄にしまった。

主思い(あるじおもい)の優しい従魔の頭を、なでなでと撫(な)でる。褒められて嬉(うれ)しいのか、ルークスは小刻みにぽよんぽよんと跳ねながら笑っている。とても微笑ましい光景だった。

……リヒトすら慣れてしまって気にしていないが、普通、このサイズのスライムはこんなことまで考えられるほどの知能は有していない。ルークスは超レア種の変異種かつ名前持ちというハイスペックでこうなっているのだが、その事実を知らない者達すらこういうものだと受け入れてしまっている。

一番の理由は、「ユーリの従魔だから」というものになる。主がアレだから、従魔もコレになってるんだろう、みたいなやつだ。真実を知るのはアリーとアロールの他はごく少数だ。冒険者ギルドのギルマスとか、《真紅の山猫(スカーレット・リンクス)》の先代様とか、アロールのいとこである魔物使いの愉快な双子とか。

そんなわけで、ことルークスの行動に関しては、リヒトもあんまりツッコミ役としては仕事は出来なかった。だって彼にしてみても、ルークスはこういうものなのだ。アジトの掃除を頑張ってくれているし、ジェイクが行き倒れていたら回収してくれるし、誰かが怪我をしたら心配してくれるような、賢くて優しいスライムなのである。……うん、従魔としてはかなり規格外だが、馴染(なじ)んでしまったのだから仕方ない。

「これだけ大きいと、シンプルに丸ごと焼くのが面白いかもしれないねー」

「まぁ、迷宮シイタケはそのままでも普通に美味しいからな」

「美味しいシイタケは、塩を振って焼くだけで肉厚ジューシーで最高ですよ」

「……ユーリ、イイ笑顔だな」

「これだけ肉厚だったら食べ応えもあると思うんですよねー」

わーい楽しみーととてもご機嫌な悠利。悠利がご機嫌だとルークスもご機嫌だ。わーいと言いたげにぴょんぴょん飛び跳ねている。仲良し主従であった。

そんなやりとりもそこそこに、悠利達は次のゾーンへと足を運ぶ。次は果物だ。果樹園のように色々な木があるのだが、ちょっぴり変則的な採取ゾーンでもある。

どう変則的なのかと言えば、果物は木に生っているのだが、その生り方が珍妙なのである。

「……何回見ても、柑橘系が全部ごちゃ混ぜで一つの木に生ってるのって、変な感じですよね」

「あっちは一つのリンゴの木に何か色んなリンゴが生ってるぞ」

「マギサ、ここだけちょっぴり面倒くさがったのかな……」

「ユーリ、言い方」

他のゾーンは種類毎に分かれているのだが、何故か木に生るタイプの果物だけが大雑把に配置されている。木はいつも変わらずそこにあり、生える果物がバラバラ。それも、一つの木に複数の種類が生っているのだ。

何故ここだけ、日替わりで生るものが変わらないのか、そこが謎だった。他のゾーンは日替わりですらない完全ランダムなのだ。さっきのキノコだって、同じような感じで育つ種類でも、バラバラの場所に置いてある。なのに果物だけ、何故？　と思うのだ。

とはいえ、相手はダンジョンマスターである。友好的だろうが何だろうが、本質的には人間とは違うナニカだ。一応括りは魔物の一種になるので、そういう意味でも人間の常識に当てはめようとするだけ無駄だろう。多分。

まぁ、実り方がヘンテコだろうと、そこにあるのは美味しい果物だ。それは間違いない。たわわに実った柑橘類を見上げながら、悠利はどれを収穫しようかなーと考えていた。

この木は柑橘類が生る木なので、色々なものが生っている。ここで特筆すべきは、柑橘系という括りなので、果物だけではないことだ。レモンとか柚子とかかぼすとかも生っているのだ。お料理のお供である。

そして今日は、果物として食べる柑橘類を探していた。具体的に言うとミカンっぽいやつである。簡単に皮が剥けるやつが欲しい。

「リヒトさん、ミカンって見えます？」

「ミカン……？　オレンジはあの辺だろうが、ミカンは見当たらないな」

「えー、今日はミカン欲しかったのになぁ……」

「何でまた、ミカン限定なんだ？」

オレンジでも良いんじゃないのか？　と言いたげなリヒトに、悠利は困ったような顔をした。いや、別にそこまで困っているわけではないのだが。でも、ミカンがあったら便利だなというのが本音だった。

「ミカンだったら、まとめて食堂のテーブルの上にでも置いておけば、皆が好きに食べられて便利だなって思ったんです」

「……あー、皮が剥きやすいってことか」

「そうです。オレンジはものによってはナイフがいるので」

「……力自慢組なら、オレンジでもミカンみたいに剥くと思うけどな」

「僕は非力組を基準に考えたいですー」

「まぁ確かに」

悠利が何でミカンを求めたのか理解出来たリヒトだった。小腹が空いたときにどうぞ、という感じで置いておきたかったのだろう。オレンジも美味しいが、手軽に食べるならミカンだろう。そういう意味ではバナナも同じ枠かもしれない。

なお、ミカンの季節って今じゃないのでは？　みたいなツッコミは無用です。ここは採取ダンジョン収穫の箱庭。採取出来る食材はダンジョンマスターの気まぐれで変動する、季節感ガン無視のお手軽農場である。

まぁ、ないものは仕方ない。悠利は早々に諦めて、それならと料理に使うレモンや柚子の収穫をリヒトとルークスに頼む。

……何故頼むのかと言うと、柑橘類は木に生っているからである。小柄な悠利では届かないので、背の高いリヒトや、身体の一部を伸ばせるルークスにお願いしたのだ。彼らは快く引き受けてくれている。

そんな風にうきうきで収穫を楽しんでいた悠利。そろそろダンジョンコアの部屋へ、お友達であるダンジョンマスターのマギサの下へ行こうかなと思ったときだった。

「……ユーリ」

「リヒトさん？　どうかしました？」

物凄く神妙な声が聞こえた。ポンと肩を叩かれて、悠利はリヒトを見上げる。生真面目なお兄さんは、物凄くびっみょーな顔をしていた。何かこう、色々なものを飲み込んで、でも飲み込み切れていないような顔だった。変な顔である。

悠利が意味が解らずに首を傾げるも、リヒトはその悠利の身体をくるりと反転させて、自分が見ているものを見せた。視線の先はダンジョンの壁である。この部屋の壁がそこにある。

……ある、はずだった。

「……えーっと、道ですね」

「ご丁寧に、一人分ぐらいの幅のな」

「……これは、アレですかね？　お呼び出し的な」

「どっちかというと、ここを通ってくれたら早く来られるよ、みたいな優しさのような気もするが」

「……優しさ？」

そう言われて、悠利はハッとした。今彼らがいるゾーンは、ダンジョンコアへ続く通路からはそれなりに離れている。しかし、直線距離で結べば、ダンジョンコアの部屋へはサクッと到着出来るのだ。

このダンジョンの構造は、入ってすぐに大きな広場みたいな部屋があり、そこから四方八方に道が伸びている。悠利達がいるのは、その四方八方に伸びている道の一つを通った先の場所である。ダンジョンコアは、最初の大きな部屋から真っ直ぐ一直線に進んだ先にある。つまり、一度初期地点まで戻ってからダンジョンコアのある部屋を目指すことになるのだ。

しかし、戻らずに横からズバッと直線距離でぶち抜くようにすれば、随分とショートカット出来る。……出来るのだが、まぁ、冷静に考えて普通はそんなことは出来ない。

その不可能を可能にするのが、ダンジョンマスターその人である。ダンジョンの構造をいじることなんて朝飯前。大事なお友達が楽なようにとか、早く会いたいとか言う理由で通路を作るぐらいは、普通にやる。

「……それでは、マギサがお待ちかねみたいなので、ありがたくこの通路から行きましょうか」

「そうだな」

「ルーちゃん、マギサが待ってるから行くよー」

「キューイ！」

悠利に頼まれて収穫を行っていたルークスは、返事をするように元気よく跳ねた。ルークスにとってもマギサはお友達なので、会えると解ってご機嫌だ。キュイキュイと鳴きながら、実に楽しそうである。

他の人がやってくる前に通路に入った方が良いだろうということで、悠利達はいそいそと通路へと進んだ。数歩進めば、部外者を招くつもりはないと言わんばかりに通路が閉じる。とても解りやすいダンジョンマスターさんである。

今自分達が通ってきた通路が閉じる。それも、ダンジョンの中で、だ。普通なら恐怖を感じてもおかしくないのだが、もうすっかり慣れっこになってしまった悠利は、のほほんとしながら歩いている。悠利に付き合う内に慣れてしまったリヒトも同じく。

今日はまだ、ダンジョンマスター御自らお迎えに出てきていないだけ、マシである。待ちきれなくて、通路を作った上で迎えにやってくることもあるのだ。勿論、人目に付かないように気を付けているらしいが。

マギサはダンジョンマスターなのに人間に友好的で、お客さんがいっぱいやってくるのが嬉しいと言うような性格をしている。なので時々、ダンジョン内をうろついては人々の様子を見ているらしい。

ただ、ダンジョンマスターの特性なのか、本人が気付かせようと思った相手以外には気付かれにくい。凄腕の冒険者達でも気配に気付けないほどだ。それも当然で、彼らはこのダンジョンの一部みたいなものである。

唯一の例外が、悠利かもしれない。【神の瞳】は鑑定系最強のチート技能なので、彼が見ようと思ったら何でも見える。ただ、気配には鈍いので、いつもいつも突然現れるマギサに驚いているけれど。

「今日は大人しく待っててくれているみたいだな」

「収穫してから行くって伝えてあるからだと思います」

「伝えてあっても迎えに来る日もあるだろ……」

「……それもそうですね」

マギサの中で、迎えに来る日と来ない日の違いは何なのだろうか。よく解らなかった。でも多分、会いたくなったとかそういう理由だろうから、こちら側で察することが出来る日は来ない気がした。気分の問題とか言われたら、判断基準が仕事しない。

そんな風にのほほんと会話をしながら、マギサが作ってくれた通路でダンジョンコアの部屋を目指す悠利達なのでした。食材採取は終わったので、ここからは友達と遊ぶ時間です。

「やぁ、久しぶり！」

「お久しぶりです、ウォリーさん。お元気でしたか？」

「あぁ、とても元気だよ」

ニコニコ笑顔の青年と、同じようにニコニコ笑顔の悠利。マギサもルークスもご機嫌である。ただ一人引きつった顔をしているのは、リヒトだった。突然増えた見知らぬ存在に、その正体を聞かされているからこそ緊張しているらしい。

この、どこからどう見ても人好きのする笑顔の、ただのノリの良いお兄ちゃんにしか見えない青年は、ここことは別のダンジョンのダンジョンマスターである。……そう、彼は、ダンジョンマスターさんなのである。

青年の名前は、ウォルナデット。魔物の一種であるダンジョンマスターは、本来ならば名前など持たない。しかし、彼は元人間の冒険者で、死後ダンジョンコアによってダンジョンマスターに造り替えられたという、ちょっと特殊な成り立ちのダンジョンマスターだった。そのため、名前があるのだ。

ダンジョンマスターではあるものの、本人の性質は特に何一つ変わっていないらしく、悠利達と挨拶をする姿もただの気の良い兄ちゃんに見える。まぁ、一応ダンジョンマスターとしての姿は禍々しい感じの角と翼が付いている感じらしいのだが。本人の「こっちの方が慣れてるから」という理由で、彼の見た目は人間だった頃のそれである。

そんなウォルナデットが、何故、ここにいるのか。ダンジョンマスターは本来、己の領域であるダンジョンの外には出られない。しかしここはマギサがダンジョンマスターを務める収穫の箱庭である。ウォルナデットが司るダンジョン、無明の採掘場及びその外側に彼が作った数多の歓待場でもない。ダンジョンマスターの原則で考えれば、彼がここにいられるわけがないのだ。

しかしそこには、ちょっと驚きのカラクリがあった。ウォルナデットが立っている場所は、彼のダンジョンなのだ。悠利達のいる部屋から伸びる通路の半分だけが、ウォルナデットの領域である。ちなみにもう半分はマギサの領域だ。二つのダンジョンは、それぞれのダンジョンマスターが行き来出来るように長い通路で繋がっていた。

繋がった経緯は、偶然である。永い眠りから目覚めたウォルナデットが力の使い方を覚えるためにあちこちに通路を伸ばしていたら、それがここまで届いたというオチだ。直線距離にしてもそれなりの距離があるのだが、細い通路を延ばすだけなので出来てしまったらしい。

そんなわけで、仲良しなダンジョンマスター二人は、互いの領域を繋いで交流を持っている。今日はそこに悠利達が交ざった形になった。

とはいえ、何でいきなりウォルナデットが湧いてきているのか。話は少し、遡る。


マギサが作ってくれた直通ルートを使ってダンジョンコアの部屋に辿り着いた悠利達は、イラッシャイと笑顔で迎えてくれるマギサと挨拶を交わした。今日もふよふよと宙に浮かんだ幼児姿のダンジョンマスターは愛らしい。相変わらず目深に被ったフードのおかげで顔の上半分は良く見えないが。それもまたご愛嬌だ。

やってきた悠利とルークスと楽しげに戯れた後、背後に控えていたリヒトに気付いて嬉しそうに笑う。ぱぁっと纏う空気が一瞬で明るくなった。マギサはリヒトが大好きなのだ。理由は誰にも解らない。

「オ兄サン、コンニチハ」

「こんにちは」

「来テクレテ嬉シイ」

ほわほわとした様子の幼児姿でそんなことを言われると、愛らしさが炸裂する。好意を向けられるのは嫌ではない。マギサの見た目も幼いので、実に微笑ましい。

ただ、相手が人外の存在であるダンジョンマスターだとリヒトがよくよく理解しているところが、ミソだった。懐かれて悪い気はしないのだが、よく考えなくても途方もない爆弾に気に入られているのではないか？　みたいな気分になる。真面目人間にはちょっと荷が重かった。

しかし、余計なことを言って相手の機嫌を損ねるようなこともしない。本当に、深く考えなければ可愛い幼児に懐かれている状態でしかないのだ。……実態がアレすぎるけれど。

「そうだマギサ、お弁当作ってきたから、ウォリーさんに後で届けてくれる？」

「ウォリー？」

「うん。ほら、ウォリーさん、人間の食事が恋しいって言ってたでしょ？」

「言ッテタ」

悠利の言葉に、マギサはこくりと頷いた。マギサを先輩として慕うダンジョンマスターのウォリーことウォルナデットは、人間の食事に飢えている。ダンジョンマスターなので食事は必要ないのだが、元人間なのでご飯が恋しくなるらしい。

目覚めてからこちら、セーフティーゾーンに実る果実と、セーフティーゾーンの湧き水と、マギサがお裾分けする果物を食べていたウォルナデット。悠利が手持ちのご飯をあげたところ、人間のご飯に物凄く飢えていることが判明した。

彼のダンジョンに悠利はひょいひょい行けないが（何せ距離がある）、ダンジョン同士が繋がっているのでマギサならば接触することは簡単だ。通路は繋がっているが、直線距離とはいえそれなりの距離があるので、悠利達が歩いていくのは現実的ではない。

それもあったので、今日はマギサの分のお弁当と一緒にウォルナデットの分も作ってきたのだ。

一緒にお昼を食べて、自分達が帰った後にでも届けてもらえば良いと思ったのである。

そんな悠利の考えは、半分だけマギサに伝わった。あくまでも半分だけだ。

「ウォリーニゴ飯、持ッテキテクレタンダネ？」

「そうだよ」

だから後でこれを届けてほしいな、と悠利は学生鞄からお弁当の入ったバスケットを取り出した。そっとマギサに手渡そうとする。しかし、マギサはバスケットを受け取らなかった。

というか、悠利がバスケットを差し出すより先に、パァッと笑顔になってこう告げた。

「解ッタ。呼ンデクル」

「「え？」」

「待ッテテ」

可愛い年上の後輩（誕生したのはウォルナデットの方が先だが、長年ダンジョンコアの回復のために眠っていたのでダンジョンマスターとして稼働したのはマギサの方が先）を思って、マギサは結論を出したのだ。事情が呑み込めていない悠利達を残して、細い通路の先へと小走りで去っていく。

「え？　え？　マギサ⁉」

「スグ戻ルネ」

「マギサー⁉」

ちょっと待ってー！　という悠利のツッコミも届かなかった。小さな背中は通路に吸い込まれる。

……そして、何故か、少し進んだところで消えた。影も形もなく消えた。

「………ユーリ」

「ち、違うんです、リヒトさん。僕はただ、お弁当を届けてもらいたかっただけで……！」

「何か、去っていったんだが。後、今、消えなかったか……？」

「……消えた気がします」

何アレ、と悠利は思った。マギサとは仲良くお友達をやっているが、ダンジョンマスターの生態については解らないことだらけである。走っていったはずなのにかき消えてしまったマギサの姿に、ドキドキしてしまう。

そのドキドキは、長続きしなかった。特大のびっくりが降ってきたからだ。

「タダイマ」

「お邪魔しまーす！」

「「……!?」」

マギサが去っていってから、数分しか経っていない。なのにそこにはマギサがいて、当たり前みたいな顔でウォルナデットがいた。いつの間に湧いて出たのかさっぱり解らない。

混乱しきりな悠利達に対して、マギサはにぱっと笑って告げた。楽しそうに。

「ウォリー呼ンデキタ。一緒ニ食ベヨウ」

満面の笑みだった。そのまま、通路から出られないウォルナデットも使えるように部屋の隅にテーブルを作り出す。一緒に食べる気満々だった。

何でウォルナデットがいるのかは、この際もう良かった。マギサが呼んできたのだということで納得はした。悠利が納得出来なかったのは、かかった時間が明らかにおかしいことだ。それはリヒトも同様だった。なので、悠利は思いきって問いかけた。

「ねぇ、マギサ」

「ナァニ？」

「さっき、マギサの姿が消えたように見えたんだけど……。後、行って戻ってくるまでの時間が、おかしくないかな？」

「僕達、ダンジョンノ中ナラ、行キタイ所ニスグ行ケルヨ」

「瞬間移動出来たの⁉」

「力ヲ消耗スルカラ、イッパイヤルト疲レル」

ダカラ普段ハアンマリヤラナイ、とマギサはあっさり言いきった。悠利が恐る恐る視線を向けたら、ウォルナデットはえっへんと胸を張って答えた。

「ダンジョンに来る人が増えてくれたおかげで、消耗を心配せずに移動出来るようになった！」

「……あ、やっぱり前は無理だったんですね、ウォリーさん」

「やれたけど、やりすぎると倒れる」

「それはやっちゃダメなやつです！」

思わずツッコミを入れる悠利。ははは楽しそうに笑うウォルナデット。もはや完全に近所のお兄ちゃんである。

とりあえずダンジョンマスター達の移動時間がおかしかったという謎は解けた。マギサに呼ばれたウォルナデットも来てしまった。そこにいるのだから仕方ない。そんな風に悠利は割り切って、冒頭の会話に戻るのである。

そんなこんなで、顔見知り同士の挨拶は和やかに、ちょっと間抜けに、のほほんと終わった。続いてウォルナデットは、悠利達の背後に佇む(たたず)リヒトに視線を向けた。通路から出てこられないウォルナデットなので、その場でぺこりと頭を下げる。

「そちらは見たことがない顔だなー。先輩の後輩のウォルナデットです。ウォリーって呼んでくれ！」

「……《真紅の山猫》(スカーレット・リンクス)所属の冒険者、リヒトだ。どうぞよろしく」

「よろしく」

満面の笑みを向けられて、ダンジョンマスターってこういうのだったかなぁ、とリヒトはちょっとだけ遠い目をした。まぁ、ウォルナデットの場合は元人間というのもあるので、人間に友好的でもまだ理解出来る。一応。

リヒトがウォルナデットと挨拶を交わしている間に、悠利はテキパキとテーブルの上に昼食の準備を整えていた。お弁当として届けてもらう予定だったウォルナデットの分もセッティングしている。

「ユーリ、今日ハ何？」

「今日はねー。カレーだよー」

「……カレー？」

悠利の言葉に、マギサの顔がちょっとだけ曇った。……勿論、相変わらず顔の上半分はフードに隠されていて解らないのだが、それでも雰囲気でちょっぴりテンションが下がったのは察することが出来る。

マギサは悠利の作ってくれるお弁当が大好きだ。食事の必要がない生粋のダンジョンマスターであるが、お友達が作ってくれる食べ物ということで、いつだってうきうき楽しみにしている。そのマギサにしては珍しい反応だが、これにには理由があった。

先日ウォルナデットのダンジョンで顔を合わせたときに、悠利はマギサとウォルナデットに残っていたキーマカレーを振る舞った。ウォルナデットは美味しいと喜んで食べてくれたのだが、マギサにはスパイスの刺激が強すぎたらしく、美味しいけど辛い食べ物として認識されたのだ。口の中がヒリヒリしたらしい。

勿論、悠利はそのことを覚えている。解っている。可愛い可愛いお友達が悲しい顔をしてしまったのも記憶にある。けれど、だからこそ今日のお弁当はカレーなのである。

「安心して、マギサ。今日のカレーは、この間のよりも辛くないから」

「……辛クナイ？　デモ、カレーハ辛イ食べ物デショウ？」

「辛いのが苦手な人でも食べられるような甘口のカレーもあるんだよ」

「辛クナイ……」

悠利の言葉を反芻して、マギサはほわっと笑った。先ほどまで下がっていたテンションが上がっている。嬉しそうだ。

ちなみに甘口のカレーは、悠利が必死にスパイスやら色々な食材と睨めっこをして作った産物である。【神の瞳】さんに頼りまくったやつである。可愛いお友達に美味しく食べてもらえるカレーを！　という感じに張り切った。

そんなわけで、今現在カレールゥは以前からある中辛に加えて、甘口も販売されている。お子様に大人気の商品である。今日はその甘口カレールゥを使ったカレーも持ってきたのだ。

なお、《真紅の山猫》の面々は中辛で全然問題ないので、この甘口カレーは完全にマギサ専用だった。ただし、お友達と一緒の方が喜ぶかなぁと思って、悠利の分は甘口にしている。リヒトとウォルナデットの分は中辛だ。

「今日のカレーは、素揚げ野菜とカツをトッピングした豪華仕様です」

テーブルの上にカレーの準備を整えた悠利は、じゃーんという効果音が付きそうな感じで皆に説明をした。その言葉通り、そこにあるのはゴロゴロとした素揚げ野菜と、食べやすいように切り分けられたカツの載ったカレーだった。

カレー、素揚げ野菜、カツ、ご飯を全てバラバラの入れ物に入れて持ってきていたのだ。小分けにして運べば、食べるときに美味しくいただける。何せ、全部盛りつけた状態で運んでしまうと、時間がかかった場合には食感が変わるからだ。

……まぁ、悠利の学生鞄は時間停止機能が付いた魔法鞄なので、大丈夫なのだけれど。何となく

気分である。

深皿に盛りつけられた豪華仕様のカレーに、皆は驚いたように目を見張っている。茄子(なす)やジャガイモ、人参、パプリカなどの素揚げ野菜がカレーに彩りを添えていた。そして、食べ応え抜群のカツがカレーの上に載っている。見るからにお腹が膨れそうだ。

「アレ？　カレーってこの間の料理じゃないのかい？」

「カレーには色々な種類があるんです。今日のは素揚げ野菜とカツを載せたカレーになります。この間のはキーマカレーです」

「ふうん」

色々あるんだなぁ、と感心した風なウォルナデット。そんな彼は、マギサが作って手渡してくれた椅子を自分の領域である通路に置いて座っていた。ダンジョンマスター達は自分の領域から出られないが、作ったものなどは渡せるのだ。

全員席に着き、ルークスも高さを調節した椅子の上に座っている。ちなみにルークスの分は野菜炒(いた)めである。皆とお揃(そろ)いということで、素揚げ野菜とカツがちょこっと添えられている。好物が野菜炒めなので、当人はとても喜んでいた。

「それでは、いただきます」

「「いただきます」」

「イタダキマス」

「キュピピ」

悠利が手を合わせて呟くと、皆がそれに続いた。特筆すべきは、ルークスが身体の一部をちょろりと伸ばして両手を合わせるような仕草をしているところだろうか。ご主人様の真似っこをする従魔である。とても可愛い。

今日のカレーは、具材が入っていない。ように、見える。実際はよーく炒めたタマネギが入っている。ただ、いつもならば人参やジャガイモも一緒に煮込むのに、今日はそうしていないだけだ。代わりに、素揚げ野菜を盛りつけたのだ。

スプーンで素揚げの茄子を食べやすい大きさに切って、カレーライスと一緒に掬って口へと運ぶ。悠利のカレーはマギサと同じ甘口なので、スパイスの風味はありながらもまろやかだ。小さいときに食べたお子様カレーの味である。

素揚げした茄子の、外はカリッとしているのに中はふんわりした食感も楽しい。カレーと茄子の相性は悪くないので、口の中で良い感じにまとまっている。いつもの中辛のカレーも良いが、この甘口カレーも決して悪くはないなと思う悠利だった。

ちらりと視線を向ければ、マギサは小さな口を大きく開けてカレーを頬張っていた。最初は恐る恐る食べていたのだけれど、一口食べてからは美味しかったのか大きな口で食べている。甘口カレーはお口に合ったらしい。

どうやらジャガイモが気に入ったらしく、食べやすい大きさにしては口へと運んでいる。素揚げのジャガイモはほくほくに仕上がっていて、口の中でほろっと崩れるのが良い感じである。カレーとの相性に関しては言わずもがなだ。ド定番野菜だし。

そんな風に美味しいとカレーを食べていたマギサが、ふと何かに気付いたように悠利を見た。正確には、悠利のカレーを見た。

「どうかした、マギサ？」

「……ユーリ、同ジ……？」

「うん。今日はマギサと同じカレーだよ」

「同ジ、嬉シイ」

中辛のカレーを美味しく食べられる悠利が自分と同じ甘口のカレーを選んだことが、よほど嬉しかったのだろう。ほわほわとした笑顔でマギサは告げる。はにかんだようなその笑顔は、とても可愛かった。……やっぱり目深に被ったフードのせいで顔の上半分は見えないけれど。

そんな風に微笑ましい悠利とマギサとは裏腹に、一人、物凄く感動しているのがウォルナデットだった。普通に味わって美味しいなと思って食べているリヒトが、ちょっと引いてしまうくらいに感動している。

「カレーライスも美味しいし、野菜も美味しいけど、何より、肉が美味い……」

「あ、ボリュームある方が良いかなと思って、今日はカツを載せてあるんです。オーク肉なんですけど、お口に合いました？」

「物凄く美味しい。美味しすぎて辛い」

「……辛いって何で……」

カレーライスと一緒にカツを頬張って食べつつ答えるウォルナデットに、悠利は目を点にした。

美味しいと喜ばれるのは嬉しいのだが、どうしてそこで辛いという単語が出てくるのか、さっぱり解らない。

しかし、ウォルナデットには彼なりの理由があったのだ。彼にとって肉はご馳走である。ご馳走というか、初対面のときに悠利に与えられて以降食べていない。貴重品すぎるのだ。

そもそも、ダンジョンマスターに食事は必要ない。そういう意味では、別にお肉が食べられなくても問題ないのだ。しかし、元人間のウォルナデットにしてみれば、美味しいご飯はとても重要な嗜好品である。感動しているのも仕方ない。

その上で、今の彼には肉を手に入れる手段も、料理を手に入れる手段もないことを思い出してほしい。ダンジョンから出られないダンジョンマスター。自由に出せるのは鉱物。食べ物とは縁遠かった。

「このカツが、本当に、本当に美味しい……」

「あ、ありがとうございます……？」

感涙しているウォルナデットに、悠利は困惑しつつもお礼を言っておいた。とりあえず、喜んでいるらしいということだけは理解出来たので。

塩胡椒で軽く下味を付けただけのオーク肉のカツは、食べやすい大きさに切られている。なので、スプーンで掬ってカレーライスと一緒に食べることが出来る。後載せで最後に盛り付けたこともあって、カレーの付いていない場所はパン粉がサクサクだった。

スパイスの風味をアクセントに纏って、口の中にじゅわりと肉汁が広がるカツ。カツカレーはボリューム満点で、相乗効果で旨味がパワーアップする素晴らしい料理である。トッピングとしてとても優秀だった。

物凄く大袈裟に喜びながら食べるウォルナデットを不思議そうに見ている悠利達に、マギサが答えを教えてくれた。物凄く端的に。

「ウォリーハオ金持ッテナイカラ、オ買イ物出来ナインダヨ」

「……え」

「……は？」

「周リニオ店ガ出来タラシイケド、ウォリー、オ金持ッテナイカラ」

「「…………あ」」

思わず間抜けな声を上げてしまう悠利とリヒトだった。何でウォルナデットがここまでお肉に感動しているのか、解ってしまったのだ。購入手段がないという現実を、今、やっと、理解したのである。

ウォルナデットが管理するダンジョンは、本来のダンジョンである殺意高めの無明の採掘場と、その物騒さが嫌で彼が外側に構築した平和すぎる数多の歓待場の二つだ。その外側の数多の歓待場部分を観光地にしてしまえば良いのでは？　という悠利のアイデアが採用されている。

その結果、ダンジョンを視察するために人々が派遣され、どういった方針で営業していくかを考えている最中だ。その視察団の人々の野営地みたいに入り口周辺がなっており、彼ら相手に商人が屋台を出している。そこまでは悠利も聞いていた。

そう、屋台ができたと聞いているのだ。ダンジョンマスターはダンジョンから出られないが、実は目に見えている入り口周辺もダンジョンの敷地らしく、ウォルナデットはその辺りを出歩ける。お店が出来たら買い物出来ますね、と暢気に話していた記憶がある。

しかし、屋台はあるが、食べ物も売っているが、今の彼は無一文だった。まさかの、お金がないから何も買えていないという現実に、悠利は物凄く哀れみを感じてしまった。あんなにご飯に大喜びしていたのに、と。

「……えーっと、ウォリーさん、お金ないんですか……？」

「鉱物を換金出来るような人が来てない……」

「……………早急に来てもらえると良いですね」

「うん……」

鉱物ならいくらでも出せるウォルナデット。換金してくれる業者が来てくれたらそれで小銭を得て、何か買って食べようと思っていた。今も思っている。しかしその夢はまだ叶っていなかった。なんてこったい。

美味しい美味しいとカレーライスを食べるウォルナデットを見て、悠利は決意した。学生鞄に手を伸ばし、どんと器を取り出す。

「ユーリ、どうしたんだ？」

「ウォリーさん」

リヒトの呼びかけには答えず、悠利はウォルナデットに声をかけた。口いっぱいにカレーライスを頬張っていたお兄さんは、不思議そうな顔で悠利を見た。頬がリスの頬袋みたいになっている。

そんな彼に、悠利は真剣な顔で告げた。大真面目に。

「ここにお代わりがあるんで、遠慮なく食べてください」

「ありがとう‼　後で鉱物プレゼントするから！」

「いえ、別に鉱物はいらないです」

パァッと顔を輝かせたウォルナデット。放っておくと超レアな鉱物を出してきそうだったので、悠利は流れるように拒絶した。これが食材だったら受け取ったかもしれないが、悠利に鉱物は必要ないのである。

お代わりがあると解って、途端にウォルナデットはご機嫌になった。後輩が喜んでいるのでマギサも嬉しそうだ。マギサが嬉しそうなので、ルークスもにこにこしている。そんな皆を見て、リヒトはそっと視線を逸らした。これがダンジョンマスターか、と小さく呟いた声は、誰の耳にも届かなかった。

その後、心ゆくまでカレーライスをお代わりしたウォルナデットの幸せそうな顔に、皆も釣られたように笑ってほっこりするのでした。美味しいご飯はとても大事です。

「それで、ダンジョンの方はどうなってるんですか？」

カレーライスを皆で堪能して、食後の紅茶を飲んでまったりしていたときだった。せっかくウォルナデットがいるのだからと、悠利はダンジョン観光地計画の進捗について問いかけた。

アリーからざっくりと視察団が出て色々と調整していることも、その彼ら相手に商人が屋台を出店していることも聞いている。しかしそれはあくまでも伝聞の伝聞である。アリーだって教えられた情報を悠利に伝えてくれただけで、実際に現場は見ていない。

だからこそ、今現在どういう方針でどういった風にダンジョンを調整しているのか、視察団の人々との関係はどういう感じなのか、気になることはいっぱいあるのだ。マギサに聞いてもその辺はざっくりと「ウォリー頑張ッテルヨ」としか言わないので、渡りに船とばかりに当人に聞いたのである。

なお、リヒトはアレな情報が出てきませんようにと祈りながら、紅茶を飲んでいる。ちょっと顔色が悪い彼を心配してか、マギサが多種多様な薬草を取り出した。

「オ兄サン、具合悪イノ？　薬草イル？」

「え？　あ、あぁ、大丈夫だ。ちょっと考え事をしていただけだから、心配しないでくれ」

「本当？」

「本当だ。……ありがとう」

「ソレナラ良カッタ」

リヒトの言葉に安心したようにマギサは笑った。ほわりとした笑顔は愛らしい。ちなみに彼はこのダンジョンのダンジョンマスターとして、様々な植物を生み出すことが出来る。王都の人々用に調整した結果、食材がドロップするダンジョンになっているだけである。

なので、薬草だってお手の物だ。ただ、薬草の効果は解っているが、人間相手に何をどれぐらい使えば良いのかは解っていない。そのため、思いつく限りの薬草をぶわっと取り出したという状況だった。行動は可愛いが能力はチートである。

そんな二人のやりとりを横目に、ウォルナデットと悠利はのんびりと言葉を交わしていた。主にウォルナデットが近況を報告している。

「とりあえず、表側の数多の歓待場部分にだけ立ち入りを許可して、お客さんを呼ぶにはどういう風にすれば良いかの相談はしてる。どういう内装が喜ばれるかとか含めて」

「視察団の方が来てるんですよね？」

「そうそう。何か偉い学者さん達も来てるぞー」

楽しげに笑うウォルナデット。数多の歓待場を、各地の建造物が見られる観光地にしてしまうというのは悠利のアイデアだった。ウォルナデットがやりたいのは人を呼ぶことなので、別に物騒方面は封印しておいても良いのだ。

ダンジョンというのは、中に誰かが立ち入ることによってダンジョンコアがエネルギーを蓄えることが出来る。過疎ってしまうと、ダンジョンコアのエネルギーが枯渇して、ダンジョンマスターすらも弱ってしまうのだ。死活問題である。

長年の休眠で稼働出来る程度にはダンジョンコアが回復しているが、周囲に街も何もないダンジョンである。どうにかして客を呼ぶ手段を考えなければならなかった。

また、元人間であるウォルナデットの方針は、マギサを見習って「外部の人達と共存共栄出来る優しいダンジョン」だ。ダンジョンコアの方針が「入ってくる奴は全部獲物。殺して根こそぎエネルギーを奪う」なのだが、真っ向から反発している。

少なくとも、本来のダンジョンである無明の採掘場は、その殺伐物騒な方針でやらかした結果、危険と判断されて壊滅に追い込まれた。ダンジョンマスターは退治され、ダンジョンコアは休眠しなければならないほどに損傷を負ったのだ。その過去の教訓を盾に、ウォルナデットは自分の考えを推し進めている。

……ちなみに、当人の記憶が曖昧（あいまい）なので定かではないのだが、先代のダンジョンマスターを退治し、ダンジョンコアを休眠状態にまで追い込んだのは、ブルックだ。ブルックと、彼の幼馴染（おさななじ）みである二人の竜人種（バハムーン）の仕業である。勿論（もちろん）、正式に依頼として受けて仕事でやったのだが。

ただ、それは今から数百年は前の話であり、この地に王国が出来る前の話だった。おかげで、当人が忘れていることもあいまって、真偽のほどは定かではない。

とにかく、そんな諸々の事情を踏まえて、数多の歓待場は一般人が入っても大丈夫なダンジョンであるのかを調査されている。そこに学者がいるのもまぁ、おかしくはないだろう。

「ウォリーさんは案内役ですか？」

「そうそう。ダンジョンマスターだっていうのは伏せて、ダンジョンに詳しい人として関わってる」

「……誰も知らなかったダンジョンに詳しい人って、物凄く怪しくないですか？」

「王様がそう言ったからそれで通ってる」

「わぁ」

王様って凄いーと悠利は素直に感心した。ウォルナデットも感心していた。王様がそう言ったらそうなのだ。そこに疑問を挟んではいけない。そういうことらしい。

「あ、安全のために駐在してる兵士の隊長さんは、俺のことを知ってるよ。何かあったときのこともあるから」

「そうなんですね」

「ソコハ僕トハ違ウヨネ」

「え？」

ひょこっと二人の間に顔を出したマギサが、ふよふよと浮かびながらさらりと告げた。違うって何が？　と言いたげな悠利の視線に、マギサは端的に答えた。

「僕、コノ姿デ会ッタコトナイモン」

「「……あ」」

マギサの言葉に、悠利とリヒトは声を上げた。そういえばそうだった、と二人は思い出した。マギサはこの小さな愛らしい幼児姿が本性ではあるのだが、役人などの偉い人と会うときはきちんとしないといけないという謎の考えから、大人の姿を取っているのだ。

そのため、仮にマギサを見かけたとしても、誰もダンジョンマスターだとは思わない。似たような恰好なので眷族か何か、ダンジョン関係者だとは思われているかもしれないが、ダンジョンマスターその人だとは気付かれていないとのことだった。

何だかなぁと思う悠利だが、ウォルナデットの意見は違った。尊敬する先輩と自分の違いを、後輩はよく知っている。

「先輩はダンジョンコアと方針が同じだから大丈夫でしょう。うちの場合、いつダンジョンコアが俺を無視して何かをするかが解らないんで」

「そういうものなんですか？」

「俺から権限を奪うとかね。元人間な分、俺はダンジョンコアの配下にあるから」

なかなかにヘビーな内容を、あっさりと告げるウォルナデット。彼はそういう男だった。色々とアレすぎる境遇にありながら、当人はあっけらかんと物事を語る。物凄(ものすご)くポジティブなのかもしれない。

ちらりと視線を向けられたマギサは、答えのようにふるふると首を振った。彼はウォルナデットとは誕生の仕方が違う。人間をダンジョンマスターに作り替えて誕生したウォルナデットに対して、マギサはダンジョンコアが一からダンジョンマスターにするために作り上げた存在だ。ある意味生粋である。

なので、ダンジョンコアとの力関係もまた、異なる。そのことを示すように、マギサは淡々と説明する。

「僕ハ、ダンジョンコアノ制御下ニハナイヨ。好キニ出来ルカラ」

「ウォリーさんとは違うんだね」

「ソモソモ、同ジ考エダカラ、制御モ支配モイラナイヨ」

「なるほど」

元々がダンジョンコアの意思を反映して生み出されたマギサである。ウォルナデットとダンジョンコアのように、方針が真逆で意見をぶつけ合うようなことはない。マギサの願い、マギサの方針が、ダンジョンコアの方針でもあるのだ。

色々と大変なんだなぁと悠利は思う。……悠利はその程度にしか思っていないが、リヒトは何でもない顔で紅茶を飲みつつ、冷や汗を流していた。まだまだ謎が多いダンジョンマスターやダンジョンコアの情報が、ぽっぽこ出ている。とても怖い。

聞かなかったフリ、聞かなかったフリ、とリヒトは心の中で呪文のように唱えていた。彼が学者や研究者であったならば、喉から手が出るほどに欲しい情報だっただろう。しかし、生憎リヒトは冒険者で、それも小市民的な幸せを求める常識人だった。すぎた情報はいらないのだ。

そんなリヒトに気付かずに、ウォルナデットはまったりと会話を続ける。知り合いと話すのが楽しいのかもしれない。

「入り口の周囲に兵士さん達の宿舎は完成してるんだ。で、視察団や兵士さん目当てに商売をしてる商人達が、屋台を沢山出してる」

「沢山？」

「まぁ、主に日用品と食料かな。料理を作って販売もしてる」

「……なるほど。兵士さん達は、そこで食事をするんですね」

「……そう」

それまで嬉々として説明していたウォルナデットが、いきなりテンションを下げた。物凄くどんよりしている。いや、しょんぼりの方が近いかもしれない。

……そう、彼が無一文であるという現実が、ここで重くのしかかるのだ。人間の食べ物がそこにあるのに、買えないのである。

「ドロップ品とかはどうしてるんですか？」

「とりあえず、各フロアで一人一回宝箱からドロップするようにしてある。ランダムだけど」

「宝箱を開けないと手に入らなくて、一人一回なんですか？」

「その方が良いって言われたからなぁ」

王様に、とウォルナデットは告げた。悠利はきょとんとする。何でそこで王様が関わってくるんだろう？　みたいな気分だった。

そこで口を挟んだのは、リヒトだった。冒険者として、また、大人として悠利よりも色々と見えるリヒトは、何故そんな風に限定されているのかを理解したらしい。

「食料と違って鉱物の乱獲は王国としても好ましくないからだろう」

「どういうことですか？」

「庶民が食料を手に入れるのはともかく、無尽蔵に鉱物が手に入るとなると、各国の軍事バランスが崩れかねない」

「……あ」

言われて悠利は、初めてその可能性に思い至った。自分が全然そういう方面に興味もなければ関わることもないので、考えもしなかったのだ。しかし、鉱物というのは武具の生産に使われる素材である。別に武具だけではないけれど。

そもそも、ダンジョン産の鉱物というのは、ダンジョンの難易度とレア度が比例している。貴重なものは危険なダンジョンで手に入るのだ。それがあるからこそ、諸々のバランスは保たれている。乱獲など出来やしない。

ところがどっこい、数多の歓待場は平和ボケしたダンジョンである。魔物はいるが、こちらの姿を見れば逃げていく。罠なんて、とりあえず設置しましたレベルの子供の悪戯同然だ。危険度ほぼ0のダンジョンである。

それを踏まえて、ドロップ品が鉱物というのを考えると、調整は確かに必要だった。誰でも遠足気分で立ち入れるダンジョンで手に入る鉱物。レア度が低いものであっても、乱獲出来るとなったら市場も乱れるだろう。

そういう意味での、一つのフロアで一人一回という縛りなのだろう。ランダムで手に入ると言っているが、この感じだとあまりにもレア度の高い希少金属などは出てこない可能性がある。

「色々と大変なんですね……」

「まぁ、俺としては消耗が少なくて助かるけどな」

「助かるんですか？」

「沢山ドロップするには、エネルギーも使うからなぁ。まだダンジョンコアは完全回復してないから、出来れば供給が多い方が助かる」

一応稼働しているが、無明の採掘場及び数多の歓待場のダンジョンコアはまだまだ本調子ではない。とりあえず、ウォルナデットがダンジョンマスターとしての仕事が最低限出来る程度には回復した、ということらしい。なので彼の希望としては、出費を減らして収入を増やしたいという感じになる。

ちなみに収穫の箱庭は、連日大盛況なおかげか、ダンジョンコアのエネルギーは有り余っている。マギサがちょっと悠利のためにショートカットの通路を作ったり、ウォルナデットに会いに行くために瞬間移動をしたり、遊びに来たお友達のために別空間を作ったりしても、全然余裕だ。

そもそも、食材は生み出すのにそこまでエネルギーを使わないらしい。悠利にとっては美味しい食材だが、採取レベルで言えば、通常レベルばっかりなのだ。ちなみにレア度が高いのは希少な薬草とかです。高級な薬の素（もと）になるようなやつだ。

「とりあえず、ドロップ品でお客さんを呼ぶんじゃなくて、中の建造物で呼ぶっていう方針はそのままなんですね」

「うん。学者さん達もその方が良いって言ってた。今はもう見ることの出来ない遺跡とかもあったらしくて」

俺はよく解らないんだけど、とウォルナデットはあっさりと言い放つ。確かに、彼はダンジョンコアに残された記憶を基に建造物を生み出したのであって、彼自身の知識によるものではない。そして、その記憶は数百年以上前のものなのだ。

建物は、いつかは朽ちる。それが維持する者達を失った建物ならば、なおのこと。その本来ならば朽ちている建造物の在りし日の姿が見られるということで、調査に来た学者の中には大興奮した者もいたらしい。

ジェイクさんがいたら似たような反応してたのかなぁ、と悠利は思う。知的好奇心の塊である学者先生は、そういうときは生き生きと動き回りそうだ。……動き回ったあげく、電池が切れたかのようにばったりと倒れてしまうところまでがお約束だが。

そこまで考えて、悠利はふと思ったことを問いかけた。

「ところで、視察団と一緒に来ている学者さんって、どこの方々なんですか？」

「え？　確か、王立第一研究所……？　とかいうところだった」

やっぱり、と悠利は思った。王立第一研究所は、この国で一番の研究機関だ。そこに所属するのは有能な研究者ばかりである。今回のような案件では彼らが動くのではと思ったのだ。

そして、もしかしたら、という予感もあった。その悠利の予感を裏付けるように、ウォルナデットは口を開いた。

「そうそう、責任者が小柄な金髪の美少年で驚いたよ。森の民らしいんだが」

「はい、予想通りー」

「うん？」

期待を裏切らない展開だった。森の民の金髪美少年とは、王立第一研究所の名誉顧問であるオルテスタのことに違いない。ジェイクのお師匠様である。悠利達とも顔見知りだ。

不思議そうに見ているウォルナデットに、悠利は笑いながら説明をした。

「その森の民の金髪美少年さん、口調はお年寄りみたいじゃありませんでした？」

「そう、それ！　いやー、儚げな美少年の口から爺口調が飛び出したときは、思わず凝視してしまったよ」

「その方、うちの指導係のジェイクさんのお師匠様なんです」

「え？　世間狭いな」

「ですねぇ」

　引きこもりインドアで自分の興味のあることしかやらない弟子と違って、師匠は国からのお仕事もきちんとやっているらしい。流石は名誉顧問殿である。見た目は儚げな美貌の少年だが、その中身はちょっぴりお茶目で食えないお人だ。

　まぁ、世間が狭いと言うなら、ブルックの存在が物凄くそれなのだが。まさかの、ダンジョンコアを休眠に追い込んだ男が調査団の一員だったのだから。凄まじい偶然だ。

　ただ、ダンジョンコアも特に反応はしなかったので、そこまで重要なことではないのかもしれないと悠利は思う。ブルックの記憶はあやふやで、あくまでもかもしれないだと言っていたが、彼の年齢と実力を考えればあり得る話。

　もしもダンジョンコアがその辺を覚えているならば、ブルックの存在を警戒しただろう。今は新たなダンジョンマスターを得ているので、そこら辺は緩いのかもしれない。悠利には真偽のほどは解らないのだけれど。

「他は、何か変わったことはありました？」

「んー、今のところは特にないかな。あぁ、出来れば各建造物の外観も見られるような構造にした方が嬉しいって言われたなぁ」

「内部移動だけじゃなくて、一度外に出る感じの？」

「そうそう」

今後の方向性として、そういう風になっていると付加価値が上がるということらしい。確かに、中身だけでなく外観も完全に再現されていたら、学術的な価値も上がるし、見に来る人も盛り上がるだろう。

今の状態は、扉を潜って次のフロアに入ったら内装が変化しているという感じだ。西洋風から中華風に切り替わったときは、悠利も驚いたものである。そしてそれは、あくまでも建物の内部を移動しているイメージだ。

それを、一度外に出て玄関から入り直す構造に変更してほしいという要望。意図は確かに解るのだが、ウォルナデットの表情は優れなかった。具体的に言うと、困っている顔だった。

「ウォリーさん？」

「確かにその方が良いとは俺も思うんだけど、現状、エネルギーが足りない」

「へ……？」

「外観まで再現するとなると、一度外を模したフロアを作って、外観を作って、内部を構築する形になるからなぁ……」

やりたいけど出来ないのだと、ウォルナデットは素直に告げた。素直なのは彼の美点である。

……まぁ、ダンジョンマスターに赤裸々な事情を聞かされたリヒトが、聞こえないフリで紅茶を飲んでいるのだが。悠利は何も気にしていなかった。

結局のところ、ウォルナデットの目的は沢山の人に来てもらうことだ。そうしないとダンジョンコアのエネルギーが補給出来ないからだ。エネルギーが少ない今の状態では、なかなかダンジョンの改装も出来やしない。

「と、言うわけで、何かアイデアないかな？」

「へ？」

「君の視点は面白いから、何か意見があったら教えてもらおうと思って」

にこにこと笑うウォルナデットに、悠利はきょとんとした。僕なんかの素人考えで良いのかなぁ？　という反応だ。

……そんな悠利の姿を見ながら、リヒトは聞かなかったフリ作戦がもう出来ないことを理解した。この先は、悠利がうっかりヤバそうなことを口走った瞬間に、ツッコミのお仕事をしなければいけない。それがお目付役というものだ。

一人で覚悟を決めているリヒトに気付かずに、悠利とウォルナデットは楽しげに談笑している。真面目な顔になったリヒトをマギサが心配そうに大丈夫？　と窺うが、リヒトは大丈夫だと答えるのだった。今はまだ、という感じだったが。

そんな感じに、ダンジョンマスターさんとのお話はまったりと続いていくのでありました。お目付役、頑張ってください。

一人でも多くのお客さんに来てほしいというウォルナデットの考えを、悠利は理解している。そのためにアイデアを出してくれと言われて、雑談を楽しみながら考えてみる。今のところ、リヒトがストップをかけるような発言はしていないので、概ね平和と言えよう。

とはいえ、今はまだダンジョンコアが完全回復したわけではないので、出来ることは限られている。その上で取れる手段というと、なかなかに難しい。

「今の状態でウォリーさんが出来ることって何ですか？」

「内装をちょっといじるぐらいは可能」

「つまり、今あるフロアを少しいじって変化させることは出来るってことですね」

「そう。まったく別の内装に変えたりは難しいかな」

「なるほど……」

ウォルナデットの説明を聞いて、悠利は彼のダンジョンの内装を思い出す。フロア毎に内装が切り替わる面白い構造だったことは記憶に新しいが、具体的に内装がどんな感じだったかはうろ覚えの部分も多いのだ。……何せ、その後に控えていた物騒ダンジョンのインパクトがあまりにも強すぎて。

とりあえず、入り口の外観がヴァンパイアが住んでそうな洋館だったことと、途中で中華風っぽい建物のフロアがあったことは覚えている。内装の作りは凝っていて、家具もきちんと再現してあった。だからこそ、観光地にしてみたらどうかと提案したのだが。

その観光地に出来そうな内装をベースに何か出来ること、と悠利は考える。ウォルナデットが作った内装はとても見事だった。何なら、そのまま住めそうなぐらいに。

そこまで考えて、悠利はハッとした。今の内装を生かしたアイデアが一つ、あった。

「ウォリーさん、宿です！」

「へ？」

「ダンジョンの中で宿泊出来るようにするのはどうですか？」

「……ダンジョンで宿泊？」

それって楽しいのか？　と元冒険者のウォルナデットは首を傾げる。リヒトも首を傾げていた。彼の場合はウォルナデットのダンジョンの内装を見ていないので尚更だ。

ただ、マギサだけは顔を輝かせていた。オ泊マリ、と何だか嬉しそうに呟いている。……アレだろうか。自分のダンジョンにも宿泊スペースを作ったら、お友達とお泊まり会が出来るとか考えたのかもしれない。ここは王都から徒歩十五分の距離なので、宿泊する必要性がないダンジョンなのだが。

悠利が想像したのは、コンセプトホテルだ。テーマパークの傍らには、そのテーマパークの雰囲気を楽しめるように作られたホテルがある。また、古民家などの歴史ある建造物は、その趣を万全の状態で楽しめるように考えたもてなしを備えている場合もある。とにかく、非日常を楽しめるお宿である。

　こんなことを考えたのも、ダンジョン内の内装が家具も含めてかなりしっかり作られていたからだ。それと、セーフティーゾーンが宿屋仕様になっていたからである。洗面所とトイレとベッドがあるセーフティーゾーンなんて、このダンジョンにしか存在しないに違いない。

「ウォリーさん、セーフティーゾーンを宿屋みたいにしてたじゃないですか」

「あぁ、うん。その方がゆっくり休めるかなって」

「なので、各フロアの部屋の一部を宿泊施設にして、お客さんを呼ぶのはどうですか？　家具や内装が楽しめて良いと思うんです」

「でも、宿泊施設にするなら従業員が必要じゃないか？　食事とか」

　至極もっともなことをウォルナデットは口にした。宿泊施設にするならば、それなりに対応しなければいけないこともあるだろう、と。ダンジョンに従業員を募るのも変な感じであるし、そもそも賃金が払えない。何せ、資金はないので。

　そんなウォルナデットに、悠利は否定をするように頭を振った。悠利の考えは違うのだ。

「そこは素泊まりで良いと思います。外の屋台で食事を買ってもらう感じで。ベッドメイクとかは、内装の手入れでどうにかなりませんか？」

「ん？　あぁ、それぐらいは出来るけど」

「それなら、ダンジョンの入り口で宿泊する方には手続きをしてもらうようにすれば、中に従業員はいらないと思うんですよ。地図を渡して自分で移動してもらう感じで」

「……そんなんで良いのかな？」

「鍵を渡しておけば大丈夫じゃないですかね？」

悠利がイメージしているのはビジネスホテルだった。素泊まりで、お部屋の家具とかは好きに使って良いけれど、別にご飯は出てこないし従業員がお世話をしてくれることもない感じのアレだ。旅館とは違う。

人間が管理しているダンジョンでは、入り口で人の出入りをチェックしている。安全が確認されているダンジョンであっても、何かがあってはいけないというやつだ。登山届みたいなものだと思ってほしい。

その出入りチェックの係の人に、宿泊の手続きを担当してもらえば良いのではと思ったのだ。そして、何ならそこで宿泊客からは少量の宿泊費をいただいても良いだろう。だって宿だし。

その辺りのことを説明した悠利に、ウォルナデットは真剣に考え込んだ。リヒトも考え込んだ。何で二人がそんなにも真剣な顔をするのかと悠利は思う。今ある資源を有効活用出来そうなアイデアを出してみただけなのに、と。

そんな悠利の服の裾を、くいくいと引っ張る手があった。振り返れば、ふよふよと浮いたままのマギサが悠利を見つめている。小さな手は悠利のシャツの裾を掴んでいた。

「マギサ？　どうかした？」

「オ泊マリ出来ルヨウニシタラ、来テクレル？」

「……え」

だった。

「オ泊マリ」

キラキラとした顔だった。相変わらずフードに隠れて目元は見えないが、多分きっと輝いているのだろうと思える雰囲気だ。悠利が初めてのお友達であるマギサは、新しい交流の方法に興味津々だった。

マギサの期待を裏切るのは心苦しい。心苦しいが、悠利は正直に答えた。

「歩いて来られる距離だから、ここでお泊まりする利点って多分、あんまりないと思うよ」

「……エ」

「そもそもここは食材採取用のダンジョンだって認識されてるから、それでお客さんは増えないと思うなぁ」

「……？」

悠利の意見も尤もだった。近隣の人々に農園とか果樹園扱いされているダンジョンである。お泊まりをする理由なんてどこにもなかった。日帰りで果物狩りとかをするような立地である。

しかし、マギサは不思議そうに首を傾げていた。悠利が告げた内容は解っている。解った上で、マギサは口を開いた。

「僕ガオ泊マリシテホシイノハ、オ友達ダケダヨ？」

「え？　そっち？」

「うん」

「オ客サンハ別ニ、オ泊マリジャナクテ良イカラ」

とても正直なダンジョンマスターだった。そもそも、今の段階で大繁盛しているダンジョンなので、新たな客寄せの方法なんて考える必要はないのだ。マギサがお泊まりをしてほしかったのは、お友達である悠利とかルークスである。もしかしたらリヒトもかもしれない。

そういうことならば、話は別だった。単純に友達のお家にお泊まりするということならば、一考の余地はある。……まぁ、ここですぐに返事をするのではなく、帰宅して保護者にお伺いを立ててからなのだけれど。実行するにしても保護者付きになりそうな予感がした。

「僕個人としてはお泊まりも悪くないなって思うけど、アリーさんに聞いてからにするね」

「ウン」

「それに、お泊まりしても良いってなったら、その前にお泊まりする部屋について相談しようね」

「相談？」

「そう。何が必要か、マギサには解らないかもしれないから」

「確カニ」

人外の存在であるダンジョンマスターは、とても素直だった。人間の悠利を泊まらせるのに必要なものが何か、マギサにはさっぱり解らない。一応睡眠はするけれど、人間のように家具を揃えて云々ではない辺りが、魔物の一種であるダンジョンマスターである。

なお、同じダンジョンマスターでも元人間のウォルナデットは、ダンジョンコアの部屋の隣に自分の居住スペースを作っている。衣食住の衣と住はせめて快適に保ちたいという人間らしい欲求だった。食に関しては察してあげてください。

そんな風に悠利とマギサがのほほんと話をしていると、色々と考えがまとまったらしいウォルナデットが口を開いた。その顔はやはり、真剣である。

「ちなみにユーリくん、うちのダンジョンの外側に宿泊施設を作ったら、客は来ると踏んでるんだよな？」

「はい。というか、観光で来た人がそのまま宿泊出来るなら楽かなって思っただけです。近隣に宿泊施設はまだないですし」

「そうだなぁ、まだないな。盛り上がってきたらそのうち出来るかもしれないけど」

「宿泊施設が出来る前にやっちゃえば、目玉になるかなーって思ったんですよね」

悠利の考えは一理あった。無明の採掘場及び数多の歓待場の周囲には、何もない。視察団もテントで宿泊しているというのだから、本当に何もないのだ。これから先、発展していくとしても、今現在宿泊施設は皆無である。

観光地として客を呼ぶならば、快適さは重要だ。勿論、都市部から馬車で移動は出来る。それでも、日帰りではなく一泊ならばゆっくりと過ごせるのは事実だろう。そういう意味でも、物珍しさも手伝って人気が出る可能性はあった。

それらを踏まえて、悠利は大真面目な顔でウォルナデットに告げた。これがあれば確実だろうというアイデアを。

「宿泊する部屋に、簡易キッチンとトイレ、お風呂も付けましょう」

「もうそれ家じゃないか……？」

「自室にお風呂があったら快適だと思うんですよ！　あのセーフティーゾーンも快適でしたけど、お風呂があったらもっと完璧だなって僕思ってたんです！」

「風呂かぁ……。ダンジョンで風呂は思いつかなかったなぁ」

力説する悠利に、ウォルナデットはゆるゆるとした感じで答えた。自分で作った宿屋風セーフティーゾーンは、彼にとってても力作である。アレはきっと探索する人が気に入ってくれるぞ！　みたいな気分ではあった。

だからこそ、ダメだしみたいに悠利に言われた意見に、ちょっとだけ首を傾げている。そんなウォルナデットに対して、悠利は呆れたような顔で告げた。

「何で思いつかないんですか、ウォリーさん。トイレは作ってたのに」

そこである。

ウォルナデットが作った宿屋風のセーフティーゾーンには、ベッドだけでなく、洗面台とトイレが備えられていた。寝具の質が良かったのも高ポイントだが、トイレまであるのは至れり尽くせりだと皆で思ったものだ。

だからこそ、悠利には解らない。トイレを作る発想はあったのに、何でそこにお風呂も作っておかなかったのか、と。しかし、ウォルナデットにはウォルナデットなりの理由があった。それも、とても冒険者らしい理由が。

「いや、ダンジョンの探索をしてたら数日潜るとか普通だし、風呂とか考えないよ」

「それは確かに言えてるな。そもそも、安全に水が確保出来るセーフティーゾーンが破格だ」

「リヒトさんまでー……」

「「それが普通だから」」

元冒険者と冒険者は同じ意見だった。確かに、説明されたらそういうものかと悠利も思う。ダンジョンを探索すると考えれば、お風呂に発想が飛ばないのも理解出来る。トイレは生理現象を考えたウォルナデットの好意である。

しかし、悠利はそこでめげなかった。何故ならば、今話しているのは宿泊用のお部屋のことだからだ。ダンジョンでのあるあるなんて、今はポイ捨てしておいて良いのだ。今の話で必要なのはそこではない。

「ウォリーさん、考え方を変えてください。ダンジョンに来るのは、探索者じゃなくてお客様です。おもてなしをしなきゃダメな相手です」

「う、うん……？」

「マギサを見てください。来てくれる人が喜んでくれたら良いなと、様々な食材が手に入るようにしています。その上、このダンジョンは、迷子にならないように設計されてます」

「お、おう……」

「この際、元冒険者の感覚も捨ててください。ウォリーさんに必要なのは、お客様をもてなす心です！」

びしぃっと指を突きつけて悠利は言い切った。何かこう、気合いが入っていた。その横で、マギサは小さな手でパチパチと拍手を送っていた。どうやら悠利に同意らしい。ルークスも悠利の足元で、同意するようにぽよんぽよんと跳ねていた。可愛いコンビは悠利の味方である。

リヒトは思わず「ユーリ……」と大きな大きなため息を吐いた。それはダンジョンマスターに説くことじゃないとでも言いたげである。しかし悠利には全然届いていなかった。そして、リヒトが明確なツッコミを口にするより先に、ウォルナデットが口を開いた。

「そうか……！　俺に必要なのは、おもてなしの精神だったのか……！」

このダンジョンマスター、割とチョロいところがあるのかもしれない。打ちひしがれるリヒトの前で、ウォルナデットは天啓を得たと言わんばかりに感激していた。違う、そうじゃない。

しかし、リヒトの気持ちも空しく、二人は盛り上がっていた。マギサもルークスも二人の盛り上がりを後押しするように応援している。常識人はリヒト一人だけだった。どう足掻(あが)いてもツッコミが追いつかない。

「と、いうことは、部屋に風呂を作ると同時に、寝間着も用意しておいた方が良いかな？　タオルとかは備品として置くとして」

「そうですね。飛び入りで泊まることになった人とか、宿泊施設をやっていると知らずに来て興味を持った人でも使いやすいように、寝間着があると便利だと思います」

「他には？　何があると便利だと思う？」

「お風呂用品もそうなんですが、洗顔用品があると良いかも知れません。化粧落とし的なやつです」

「そういうのは備品で出せるか解らない……ッ！」

「解りました。知り合いの行商人さんを紹介します」

「助かる！」

話がトントン拍子に進んでいた。ちなみに、悠利が紹介すると言った行商人はハローズおじさんである。何やかんやで悠利との付き合いも長いし、アレで柔軟な思考をしているので、相手がダンジョンマスターでも取り引きをしてくれる可能性はあった。

ちなみに、何でハローズを紹介しようと思ったのかと言えば、彼がシャンプーとリンスの販売元だからである。お風呂用品として一番に思いついたのがそれだった。いっそ、入浴剤も準備しても良いかもしれない。

……どんどんと、ダンジョンから話が離れていく。そこらの宿よりも充実した設備が用意されそうな予感がひしひしとする。リヒトは口を挟もうとしているのだが、盛り上がっている悠利とウォルナデットは聞いちゃいない。ツッコミのお仕事は出来そうになかった。

「二人部屋くらいの作りで良いだろうか……？」

「一人部屋、二人部屋、四人部屋、ぐらいでバリエーションを作っておけば良いんじゃないですか？　それなら、色んな人に使ってもらえますし」

「ふむふむ。じゃあ、各フロアに利用人数の違う宿泊部屋を幾つか用意して、地図にそれを記載して、入り口で鍵を渡してもらうようにして……」

「本格始動の前に、一度関係者とかにお試しで使ってもらうのも良いですよね。実際に宿泊してみないと解らないこともありますし」

「そうだな」

着々と、ダンジョン宿泊施設計画が進められていた。この計画の恐ろしいところは、ダンジョンマスターのウォルナデットがちょちょいと内装をいじれば完成するところである。大工さんがいらないやつです。一瞬でどうにか出来ます。ダンジョンマスターって凄いですね。

もはやダンジョンの概念がどこかに消えている。如何に快適な宿泊施設を作って客を呼び込めるか、みたいな方向で盛り上がっている。リヒトは疲れ果てていた。聞いているだけで常識人には胃が痛い話である。何が胃が痛いかって、彼は帰還したらこの話をアリーに報告しなければいけないのだ。

勿論、ダンジョンの主であるウォルナデットが自分のダンジョンをどんな風にアレンジするかは、彼の自由だ。あくまでも悠利の意見を聞いているだけで、最終決定権はウォルナデットにある。それはリヒトも解っている。解っているが、それでもやっぱり雷は落ちそうな気がした。

キリキリと痛む胃を抱えるリヒトの顔色は、ちょっと悪い。それまで悠利とウォルナデットの話を楽しそうに聞いていたマギサが、心配そうにやってくる。マギサはリヒトが大好きだった。

「オ兄サン、大丈夫……？　薬草イル？」

「いや、ちょっと考えることが色々あるだけだから、心配しないでくれ」

「ソウ？」

「……ところで、君はあの話を何とも思わないのか？」

「……ドウイウコト？」

リヒトの問いかけに、マギサは不思議そうに首を傾げた。何を問われているのか解らないらしい。

そんなマギサに、リヒトは自分の考えを伝える。

「いや、あの二人がやろうとしているのは、ダンジョンっぽくないなぁと思って。生粋のダンジョンマスターの君から見て、どうなのかと」

その疑問は尤もだった。元人間なので感覚が色々とアレなウォルナデットと違って、マギサはダンジョンマスターになるべく生み出された命である。その彼の中のダンジョンという概念について、聞いてみたかったのだ。

しかし、リヒトは質問する相手を間違えている。目の前の二人の話題が衝撃的過ぎて、後、何だかんだで慣れすぎていて忘れているが、そもそもこのダンジョン収穫の箱庭が既に、普通のダンジョンとは一線を画しているのだ。普通という概念は既に盛大に迷子である。

「別ニ何トモ思ワナイヨ」

「……え」

「ダンジョンヲドウスルカハ、ダンジョンマスターノ自由ダカラ」

「そ、そうか……」

変ナオ兄サン、とマギサはコロコロと笑った。何でそんなことを聞かれるのか解らないよ、と言いたげな態度である。リヒトの希望は簡単に打ち砕かれた。そもそも聞く相手を間違えていたと思い出してほしいものである。

ダンジョンをどのような構造にしてどうやって運営していくかは、ダンジョンマスターの自由。至言である。なので、リヒトは現実を理解して、痛む胃をそっと撫でた。世の中は世知辛い。

つまりは、ウォルナデットがダンジョンを宿泊施設とか観光地に特化させようが、自由。そのためのアイデアを悠利が出したとしても、ウォルナデットがそれを受け入れるなら何も問題はない。止める方法はどこにもなかった。

「……ユーリ、とりあえず、後でアリーの雷は落ちると思うからな……」

聞こえていないと解りつつ、リヒトはぼやいた。がっくりと肩を落として疲れているリヒトの背中をマギサが、届かないので足をルークスが、慰めるようにポンポンと叩くのだった。

そして、事情を知ったアリーに「お前はもうちょっと考えてから発言しろ！」と怒られたのでした。でも決めたのはウォルナデットなので、方針の変更はありません。

エピローグ　ダンジョンマスターからの招待状

それは、何の変哲もない日常に突然紛れ込んできた。悠利に手紙が届いたのだ。

基本的にアジトから外に出ない、交友関係もほぼほぼ王都内で終わっている悠利に手紙が届くことは、滅多にない。心当たりがあるとすれば、ワーキャットの若様ぐらいだろうか。字の練習も兼ねて時々送られてくる。

しかし、今日届いた手紙は可愛い子猫からのものではなかった。また、以前貰ったことのあるフレッドからの直通便でもなかった。普通の郵便物として届けられたお手紙だ。

「僕に手紙って、誰からだろう……？」

手紙を送ってくる相手に心当たりのない悠利は、とりあえず封筒を裏返してみた。そこに書かれている差出人は、意外な人物だった。

「何でウォリーさんが僕に手紙……？」

手紙の差出人は、無明の採掘場及び数多の歓待場のダンジョンマスターであるウォルナデットだった。どうやって手紙を出したのかと不思議に思ったが、そこはまぁ、誰かに頼んだのだろう。視察団が来ていることもあって、交流する人間はいるだろうから。

それはともかく、わざわざ手紙を送ってくるというのが不思議な話だった。基本的にウォルナデットからの言伝は、収穫の箱庭のダンジョンマスターであるマギサを通して伝えられる。……何せ、誰かしらが収穫の箱庭に足を運ぶので。

そう、マギサの遊び相手は悠利だが、何だかんだで《真紅の山猫（スカーレット・リンクス）》の面々のことは覚えている。ウォルナデットからの急ぎの連絡の場合は、採取依頼などで足を運んでいるクランメンバーを通して伝えられるのだ。

だから、ウォルナデットが悠利に手紙を送る必要はない。何なら、悠利が収穫の箱庭に遊びに行ったときに、向こうが顔を出す。こんな遠方から手紙を送るなんていう面倒くさい手段を取る必要はないのだ。

不思議に思いつつ、悠利は封筒を開けた。中に入っていたのはシンプルな便箋（びんせん）で、ちょっと癖はあるが比較的綺麗（きれい）な文字で文章が綴（つづ）られていた。えーっと、と言いながら悠利は手紙の内容を確認する。

そこには、ウォルナデットの近況やら、ダンジョンの状態やらが記されていた。今どんな感じでやっているかとか、進捗（しんちょく）の報告だ。やっぱり手紙で送る必要性は感じなかった。マギサ経由で聞いても問題ない話だ。急ぎの案件でもなさそうだし。

そう思っていたら、便箋の最後の一枚が他と違うことに気付いた。他は普通の便箋だが、それだけカードみたいなものだった。二つ折りになったカードを開いてみれば、招待状という文字が目に飛び込んできた。

「……招待状？」

ただし、きちんとした招待状を悠利は見たことがない。そのため何となくのイメージだが、確かにそれは招待状だった。書かれている文言は、「宿泊お試し招待状」である。ナニソレ、と思わず首を傾げる。

もう一度便箋を確認すると、同封されているカードについての説明があった。カードが気になって読み飛ばした部分だ。

「えーっと、宿泊施設の準備が整ったので、問題がないかの確認のために是非とも泊まりに来てほしい……？　……え、それ、僕がやるの⁉」

確かにアイデアを出したときに、悠利はウォルナデットに言った。本格的に宿泊施設を運営する前に、実際に使ってみて問題がないかを確認する必要がある、と。しかし、それを自分が手伝うつもりはなかった。

その辺りは、視察の人達とか、王国側の役人さんとかにやってもらえば良いと思っていたのだ。だって悠利はただの一般人だ。そんなところで自分がお役に立てるなんて、ちっとも思っていなかった。

しかし、手紙を送ってきた側のウォルナデットにしてみれば、アイデアをくれた悠利を招待するのは普通の考えだったのかもしれない。アイデアを出したからこそ、悠利には宿泊施設に関する明確なイメージがあることは伝わっている。何か不備があっても気付いた上で対策を伝えてくれるだろう、みたいなやつだ。

自分がそんな風に思われているなんて考えもしない悠利は、手紙と招待状を手にしてうーんうーんと唸(うな)っていた。何に困っているって、お誘いいただいたからってホイホイお出掛け出来る立場ではないからだ。

　別に、日々の家事は悠利がいなくても問題ない。見習い組も育っているし、訓練生や指導係だって身の回りのことは自分で出来るのだ。ただ単に、悠利は家事が大好きなのでアレコレと細かいところに気がついて快適な生活を送れるように整えているだけで。

　問題は、一人で外出するのが難しいことだ。王都から徒歩十五分の距離である収穫の箱庭に行くときでさえ、戦闘能力を持った誰かと共に行くように言われている悠利である。護衛として従魔のルークスがいても、二人きりで街の外に出るのは許可されない。

　それは、安全のためだ。悠利は戦えないし、ついでにこう、天然ぽわぽわマイペースで突拍子もないことを言い出す。歩くトラブル製造機だった。本人にその気がなくとも、いつもと違う行動を取ったら何かが起こるのが悠利である。

　一応、悠利もそれは自覚している。危ないことは好きじゃないので、遠出するときはアリーの許可を得て、誰か同行者が付いてくれる状態でないと出掛けない。そういうこともあって、招待状を貰ったからって、二つ返事で遊びに行くことは出来ないのだ。

「とりあえず、アリーさんに相談してみようっと」

　困ったときの保護者様だ。とりあえずいつもと違うことが起きたら、アリーに報告するのである。報告しないで勝手に動くよりは、先に伝えて行動した方がお互いのためだ。だって、何か面倒事が起こったら対処するのはアリーなのだから。保護者は辛いよ。

そうとなったら善は急げとばかりに、悠利は手紙を片手にアリーの部屋を目指した。今日は書類仕事があるとかで、アリーは部屋にいる。事務員なんていないクランなので、細々とした書類仕事もリーダー様のお仕事なのだ。

「アリーさーん、ちょっと良いですかー？」

コンコンと部屋の扉をノックして問いかける悠利。のんびりまったりとしたいつもの口調だ。相手の反応を待つためにじっと耳を澄ませば、声が聞こえた。

「開いてるぞ。入れ」

「はーい。お邪魔しまーす」

許可を貰った悠利は、するりと室内へと入った。アリーは書類を片手に何かを確認しているようだ。忙しそうである。

仕事の邪魔をするつもりはなかったので、どうしようかなぁと考える悠利。黙っている悠利に気付いたのか、アリーが顔を上げて声をかける。

「何か用があるなら早く言え。別に、お前の話に耳を傾ける時間がないわけじゃない」

「はい。実は、ウォリーさんから手紙が届いたんです」

「ウォリー……？」

「ダンジョンマスターの」

「あぁ、あいつか」

一瞬誰からの手紙か解らなかったらしいアリーに、悠利は一発で解る説明を付け加えた。アリーの記憶力の問題ではなく、ダンジョンマスターのウォルナデットが手紙を送ってくるという発想がなかっただけだ。悠利と同じである。

何でまた？　と言いたげなアリーに、悠利は困ったように笑った。実際ちょっと困っていた。

「何を頼まれたんだ」

「僕、そんなに解りやすいですか？」

「お前が返答に悩むのは大抵、誰かに何かを頼まれたときだ」

「あはははは……」

頼まれると断ると悪いなぁと思ってしまう悠利のお人好しぶりをよく理解している台詞だった。流石は保護者というべきか。そんなアリーに思わず笑って、悠利は詳しい説明を口にした。

「先日僕がアイデアを出したダンジョン内に宿泊施設を作る件なんですけど、本格始動する前に試してほしいって連絡が来たんです」

「はぁ？」

「何か不備がないか確認をしてほしい、と。まぁつまりは、お泊まりのお誘いなんですけど」

困った顔のままで悠利が告げれば、アリーは真顔で言い放った。多分脊髄（せきずい）反射レベルで出た本音である。

「何でお前に」

「それは僕も思います」

腹の底から同意する悠利だった。そういうのは関係者でやってほしいものだ。悠利は一般人なのに。

どうしましょう……？　とお伺いを立てるような悠利。いつものアリーなら面倒くさそうな顔をするのに、今日は何故かちょっと違った。苦虫を噛み潰したような顔だが、それは嫌がっているというよりも、間の悪さ、或いは良さを理解してのことだった。

その証拠に、アリーの口から出たのは悠利の予想もしない発言だった。

「その宿泊施設のお試し、俺とブルックが同行しても良いなら、問題ない」

「へ？」

「お前だけを行かせるのは色々と不安だが、俺達も行って良いなら、可能だ」

ぱちくりと瞬きを繰り返す悠利。何でまた、そんなピンポイントな人選なんだろう。首を傾げる悠利に、アリーはぴらりと一枚の書類を見せた。何やら小難しい文言が色々と書いてある。偉い人からの書類っぽいやつだ。

ざざっと流し読みをした悠利の目に唯一留まったのは、とある一文だった。そこだけ妙に目を引いた。

「追加調査の依頼……？」

そのままざざーっと流し読みをすると、目的地の名前が出てきた。その目的地は無明の採掘場及び数多の歓待場となっている。

何で？　と言いたげに悠利はアリーを見た。アリーは今度こそ面倒くさそうに盛大な溜息を吐いた。運命の悪戯か、何ともタイミングの良い話だった。

「視察団が仕事をしてるのは外側だけだ。無明の採掘場の辺りは危なすぎて、滅多に人を送れやしねぇ」

「あぁ、はい。普通に殺傷能力の高すぎる罠（わな）ばっかりでしたもんね。しかもダンジョンマスターのウォリーさんの意思では解除出来ないやつ」

「そうだ」

　無明の採掘場というダンジョン本来の姿のゾーンは、物騒ダンジョンの名をほしいままにしている。ぶっちゃけ、悠利なんて一歩足を踏み入れたら動けない。罠がどこにあるのかは解っていても、あっちもこっちも罠がありすぎて、安全に進める気がしないのだ。

　ではどうやってそこを進んだのかと言われたら、ブルックが全部の罠を壊して進んだ。物凄（ものすご）い力業だった。規格外の戦闘能力を誇る竜人種（バハムーン）の凄腕（すごうで）剣士がいたからこそ、悠利のような非力な一般人でもダンジョンコアの下に辿（たど）り着（つ）けたし、ウォルナデットと友達になれたのだ。

「ブルックの記憶があやふやだからな。あそこが過去にあいつが休眠状態に追い込んだダンジョンなのかどうかを確認するように頼まれた」

「で、アリーさんとブルックさんで向かう、と？」

「他の奴らがいたら出来ねぇ会話だろうが」

「確かに……」

　ブルックの正体が人間のフリをしている竜人種であると知っているのは、元パーティーメンバーであるアリーと調香師のレオポルド以外では、悠利ぐらいだ。後、何やかんやで関わりのある国の上層部。それも一部である。

そうなると、クランメンバーを連れて行くわけにもいかない。必然的に二人で向かうつもりだったらしい。そこへ飛び込んできた、悠利が貰ったウォルナデットからのお泊まりのお誘い。どう考えても合わせてしまった方が早い。

「つまり、三人でお泊まりですね……！　よし、マギサを通じて、三人部屋でお願いしますって伝えてもら」

「まだ日時も決まってねぇのにいきなり出かけようとすんな」

「……ハイ」

お泊まりに行けるぞー！　みたいなテンションで部屋を出ようとした悠利の襟首を、アリーは引っ掴んだ。とても手慣れていた。彼らの関係性が窺える。

確かに、リーダーであるアリー、最大戦力であるブルックの二人がアジトを離れるとなると、諸々の調整が必要だろう。悠利は特に問題はないのだけれど。だって家事担当だし。

「とりあえず、俺とブルックの予定を調整して、日程が決まったら伝える」

「では、僕はとりあえずマギサを通じて、お試しお泊まりは引き受けるけど、まだ日時は解らないって連絡しておきます」

「……それが出来るのに、何で向こうは手紙を送ってきたんだ……？」

「……さぁ？」

言伝で良いのに、何でわざわざ手紙を送ったのだろうか。そんな疑問が湧いたのは悠利だけではないらしい。でも悠利に聞かれても解らないので、仕方ない。

ただ、ちょっとだけ思い当たる節はあった。悠利は手紙と一緒に送られてきた招待状を、アリーにすっと差し出した。「宿泊お試し招待状」という、何とも珍妙な文言が目を引く。しかし、それ以外はシンプルな招待状である。

「何となくなんですけど、この招待状を郵送したかったのかなって思いました」

「……それをマギサに渡しておけば良かったんじゃないか……？」

「いえ、ですから、郵送したかったんじゃないかって」

「……手紙を送りたい方が上なのか？」

「多分……？」

確証はないが、そういうことじゃないかと悠利は思っている。何せ、便せんがそこそこ分厚い。きっとウォルナデットは、知り合いにお手紙を書くという人間らしい行動にうきうきしていたのだろう。

ダンジョンマスターとして長年休眠状態だった彼には、外の世界に知り合いはいない。悠利達に出会うまでは、先輩と仰ぐ同じダンジョンマスターのマギサだけが彼の知人であった。実に狭い世界だ。元の知り合いは皆死んでいるだろうし。

それもあって、お手紙を出せる相手がいるという現実を楽しく噛みしめていた可能性はあった。

「なら、お前も返事を送ってやった方が良いんじゃないか？」

「へ？」

「いや、手紙のやりとりがしたいなら、返事を待っている可能性があるだろ」

「あ」

手紙の郵送だと日数がかかるので、マギサに言伝を頼もうと思っていた悠利は、間抜けな声を上げた。そういえば便せんにも、返事を待っているという趣旨の言葉があった。この場合の返事とは、お手紙のことかもしれない。

「……お手紙の方が良いと思います？」

「……お前の推測が正しいなら、手紙の方が喜ぶんじゃないか？」

「……じゃあ、お手紙書いてきますー」

メールやSNSでやりとりをすることに慣れた現代っ子の悠利にとって、手紙を書くというのはちょっと慣れない作業だった。年賀状ぐらいしか書いた記憶がない。こちらの世界に来てからも、ワーキャットの若様に他愛ない返事を送るぐらいしか書いていない。

便せんあったかなーと呟きながら、悠利は部屋を出る。ウォルナデットから送られてきた手紙が分厚すぎて、あそこまで長いお返事は書けそうにないなぁと思いながら歩く悠利だった。

そんなわけで、近日中にダンジョンでのお泊まりが実行されることになりそうです。保護者と護衛が最強コンビなので、多分何も起こらないでしょう。多分。

特別編一　ハラハラドキドキ、中身色々ロシアンたこ焼き

「それでは、今日のお昼ご飯を作っていきたいと思います！」

　満面の笑みを浮かべて宣言した悠利であるが、仲間達は微妙な顔をしていた。何で？　みたいな反応をしている者達もいる。各テーブルには卓上コンロが置かれ、その上にはフライパンが一つ。そして何かの材料がずらららっと並べられている。

　ボウルに入った何かの生地らしきもの。同じくボウルに入ったみじん切りにしてある大量のキャベツ。小さなボウルには具材なのか、一口サイズに切ったベーコン、チーズ、ウインナー、エビ、イカ、ハンバーグ、たらこ、茹(ゆ)でたジャガイモとブロッコリーがそれぞれ入っている。何をするのか皆にはさっぱり解らない。

　しかし、一部の面々は何を作ろうとしているのかに気付いた。それは、コンロの上に載せられたフライパンの形状がいつもと違っていたからだ。

　そのフライパンは、平らではなかった。小さなくぼみが幾つもある。そのくぼみの大きさは、具材として用意されている一口サイズの食材達がすっぽり入るぐらいの大きさだった。クーレッシュ、レレイ、ヤックの三人が顔を見合わせる。

　代表して口を開いたのは、クーレッシュだった。ちゃんと挙手をして悠利に発言の意思を伝えて

から喋るところもポイントが高い。

「なぁユーリ」

「はい、クーレ。何？」

「このフライパン、超見覚えあるんだけど、たこ焼き作るのか？」

「タコの入ってないたこ焼きを作ります」

「「はい？」」

よくぞ聞いてくれました、みたいなノリで悠利が告げた瞬間、三人は目を点にした。何だそれと言いたげである。たこ焼きが何かが解らない皆は、もっと不思議そうな顔をしている。

このくぼみのあるフライパンは、たこ焼きを作るためのフライパンである。ホットプレートに取り付けるタイプが日本ではよく知られているが、実はフライパンタイプも存在しているのだ。そしてこの異世界で悠利が作ったのは、フライパンタイプのたこ焼き器だった。使い勝手が良いので。

そう、悠利が作った、である。以前タコが手に入ったときに、イマイチ反応がよろしくなかったクーレッシュとヤックでも美味しく食べてもらえればと、たこ焼きを作ることにしたのだ。そのために準備した、フライパンを改良したたこ焼き器である。

ちなみに作り方はとても簡単。使わなくなったフライパンを錬金釜に入れて、スイッチポーンである。思った通りに作れて悠利はご満悦だったが、勿論アリーに怒られてアイアンクローを喰らった。……怒られたのだ。お前は何をやっている、と怒られたのである。そのことを悠利はうっかり忘れていた。忘れて、皆でたこ焼き（タコ以外の具材）を作れるようにと、大量に作った。

さて、そんな行動がバレたらどうなるか、お解りだろう。解ってないのは悠利だけだ。

「何故その珍妙なフライパンが量産されてるんだ？　ん？」

「イダダダダ！」

「お前は本当に……！」

「つ、使ってないフライパンを改良しただけですぅ……！」

だから別に家事に支障はないのだと悠利は訴える。しかし、その訴えが通るかと言えば、通らない。そもそも、備品を勝手に改良したこともだが、錬金釜でそんなことをしたという方がお怒りの原因だ。超レアな魔法道具(マジックアイテム)を変なことに使うなという意味で。

なお、そんな二人のやりとりを、皆はいつものことだなーという顔で見ていた。いつものことだったので。もうちょっとしたら収まるだろ、みたいな感じだった。

皆の予想通り、一通りの小言が終わったら悠利は解放された。痛む頭をさすさすしながら、説明に戻る。

「えーっと、今日のお昼ご飯はたこ焼きです。でも、中身はタコじゃなくて、そこにある具材を好きに入れてもらいます」

「あの、どうしてタコではありませんの？」

「タコは食べ慣れてない人が多いからです」

「なるほど……」

挙手して質問したのは人魚族のイレイシア。魚介類大好きなお嬢さんであるが、同時にこの辺りでは魚と貝以外の魚介類は馴染みが薄いことも理解している。特にタコは見た目もあいまって、苦手な人はとことん苦手らしいというのも。

うんうんと頷いているクーレッシュとヤックは、たこ焼きになってやっとタコとマトモに向き合えた口である。あの見た目はちょっと食べ物に見えなかったらしい。悠利からすれば、魔物肉を食べてるんだからタコぐらい大丈夫じゃないの？　と思うのだけれど。その辺は多分食文化の違いです。

「油を引いて温めたフライパンに生地をくぼみの半分くらい入れて、そこにキャベツとメインの具材を入れます。その上に更に生地を入れて、焼けるのを待ちます」

こんな感じです、と悠利は手本を見せる。しばらくして生地がぷくぷくとしてくると、先に細い金属の付いた棒でカリカリと生地を十字に切っていく。ちなみにこの道具は千枚通しというものである。たこ焼きをくるくるとひっくり返すアレだ。

「火が通ってきたらこうやって周りも含めてくるりとひっくり返します。最初は綺麗な形になりませんが、とりあえず全部押し込む感じでまとめてしまえば大丈夫です。何回かひっくり返して火を入れたら、最終的に丸になるので」

物凄くざっくりした説明だったが、確かに悠利の言うとおり、最初は不恰好だったたこ焼き（中身はベーコンやチーズ）は、何度もひっくり返す内に綺麗な丸になった。フライパンのくぼみと同じようにころりとした丸に仕上がり、誰からともなくパチパチと拍手が起こる。

「こんな感じで、皆さんで作ってもらおうと思います。具材はお好みでどうぞ」

なるほど、と皆は理解した。お好み焼きや焼き肉と同じだなと思い至ったのだ。自分達で焼いて、焼きたてを食べるというアレだ。それならやってみるかと、各々がテーブルへと移動する。

一応経験者であるクーレッシュ、レレイ、ヤック、アリーは別々のテーブルに配置されていた。何だかんだと言いながら、他の面々も含めて楽しそうに作っている。見慣れない道具だが、上手に丸に仕上がるのが楽しいのだろう。

そんな皆に、悠利はのんびりと声をかけた。

「焼き上がったら、とりあえず大皿に全部載せてくださいねー」

「「はーい」」

何でそんなことを言われたのか解らないが、とりあえず返事をする一同。まぁ確かに、熱々すぎて焼きたてのたこ焼きをすぐに食べるのは難しい。一度ここで冷ますのかな？　と考えた者多数である。

普段なら食べたいなーと突撃するレレイだが、今は大人しい。彼女は猫舌である。そしてたこ焼きを食べたことがある。まん丸の見かけに騙(だま)されて齧った瞬間に、とろとろの生地が熱々で火傷しそうになるのを知っている。なので大人しく待てをしているのだ。

わいわいがやがや言いながらも全てのテーブルで一陣目が焼き上がったのを確認した悠利は、パンパンと手を叩(たた)いて皆の注目を集めた。何？　と言いたげな視線が突き刺さっても気にしない辺り、何だかんだで悠利は図太い。

「それでは、焼き上がったらお皿を隣のテーブルと交換してください」

「「え⁉」」

「交換してください」

にこっと悠利は笑う。今日は何やかんやで全員集合しているお昼ご飯。悠利を含めて総勢二十一人で、テーブルは六つに分かれている。その配置を踏まえて、皆が互いに顔を見合わせている。交換？　みたいになっている。

一番に口を開いたのは、レレイだった。感情に素直なお嬢さんは、発言もまた素直だった。

「何で⁉　何で自分で作ったの食べちゃダメなの⁉　せっかく色々入れたのに！」

「それはね、レレイ。今日のコンセプトがロシアンたこ焼きだからです」

「ろし、あん……？　ナニソレ」

「簡単に言うと、何が入ってるか解らないのをドキドキしながら食べるのが目的だから」

「何でそんなことするの⁉」

意味が解らない、とレレイが叫ぶ。一生懸命作ったんだよ！　と訴える姿は真剣だった。……どうやら、自分が食べたい具材をアレコレ詰めこんだらしい。とても解りやすいレレイだった。やだやだと言っているレレイ。悠利が何かを言おうとしたが、それを遮るように声が響いた。大皿を持った見習い組が、しょんぼりした顔でレレイを見ている。

「レレイさん、オイラ達が作ったたこ焼き、嫌ですか？」

「頑張って作ったんですよ」

「ちゃんと肉系も入ってます」

「完成」

「え、あ、え……？」

大皿を持ったままのヤックとその周囲を陣取った見習い組の三人に言われて、レレイは困ったような顔になった。何で少年達にしょんぼり顔で訴えられているのか解らない。解らないながら、何やら罪悪感に苛(さいな)まれるレレイ。

そこを好機と見たのか、ヤックとカミールは畳み掛けるように動いた。二人揃(そろ)って悲しげな顔でレレイを見る。

「「ダメですか？」」

俺達が作ったのじゃ、ダメですか？　と表情でも訴える。人情に思いっきり訴える二人の姿に、レレイはぷるぷると震えた後に叫んだ。全力で。

「ダメじゃないよ！　皆が作ってくれたの食べるよ！」

「ありがとうございます、レレイさん！」

「美味しく食べてくださいね」

「うん！」

どうぞと大皿を差し出されて、レレイはそれを素直に受け取った。ありがとう！　と笑う姿はいつも通り。……彼女はとてもチョロかった。ちょっと心配になるぐらいにチョロかった。安定のレレイ。

そんなコントみたいなやりとりの傍らでは、レレイと同じテーブルのマリアがウルグスに大皿を渡していた。こっちは普通のやりとりだった。

ちなみに、見習い組がこんな行動に出たのは、彼らは今日のコンセプトをあらかじめ知っていたからである。何せ数が多いので、皆で一緒に仕込み作業をやったのだ。

レレイが大騒ぎをしたお陰だろうか。周囲は「まぁ、どうせ食べるんだから大丈夫だろう」みたいなノリで大皿の交換をしていた。

「二回目以降は自分達で作ったのを食べてもらって大丈夫です。初回はちょっと趣向を変えた方が、色んな具材を楽しめると思うので」

「……お前は毎度毎度、何でそんな……」

「面白いかなと思いました！」

「……そうか」

悠利に満面の笑みで告げられて、アリーは色々諦めたようにため息を吐いた。既に他の面々は席について食事を始めている。不思議そうな顔をした悠利の頭をくしゃりと撫でてから、アリーも席へと戻った。

残された悠利は、何で頭を撫でられたんだろう？　と首を傾げる。呆れられた感じなのは理解したが。

「ユーリ、アリーのことは気にするな。それよりも、冷めるぞ？」

「あ、はい」

同じテーブルのブルックに呼ばれて、悠利は慌てて席へと戻る。せっかく作ってもらったたこ焼き（中身はランダム）が冷めてしまっては勿体ない。今一人の同席者であるアロールは、既に幾つかを小皿に取って食べていた。

「先に食べてるよ」

「うん、気にしないで。……ちなみに、何が入ってたの？」

「……茹でたジャガイモ」

　十歳児のアロールの口にはたこ焼きは大きかったのか、囓って半分だけ食べている。生地の隙間から見えたのはほくほくのジャガイモ。塩茹でしただけのジャガイモだが、たこ焼きの生地に出汁や醤油が入っているのでそのままでも十分美味しい。

　そう、生地の段階で悠利は下味を付けておいたのだ。勿論、様々な具材が入ることを考慮して、それほど濃い味にはしていない。出汁と醤油の味付けならば、用意した具材との相性は悪くないので問題ないのだ。

　たこ焼きというと悠利の中ではソースやマヨネーズをかけて食べるイメージがあるが、今日は具材にタコはない。その具材の味を楽しんでもらいたいこともあって、ソースの類いは準備していないのだ。素材の味を楽しんでくださいね状態である。

　外はカリッと、中はふわっとしたたこ焼きの生地に、塩茹でのジャガイモが良いバランスで存在している。ジャガイモ自身の旨味があることもあってか、食感の違いも含めて実に楽しいことになっている。味もお気に召したのか、アロールの表情は穏やかだ。

「ふむ、これはベーコンだな。旨味が生地に染みこんで美味しい」

「お肉系は割と何でも合うと思うんですよね。味が濃いからか」

「生地にも味が付いてるんだな」

「そのまま食べても美味しいかなと思ったので」

「そうか。美味しいぞ」

「良かったです」

ブルックはベーコン入りのものを一口で食べていた。口が大きいので、ぱくりといけるらしい。生地の下味にベーコンの旨味が染みこんで、何とも言えずに美味しいのである。肉の旨味とは抗いがたい美味しさなのだ。

ちなみにベーコンは、ブロック状のものを一口サイズに切っている。そのため、歯ごたえもあって食感も楽しめる。噛んだ瞬間に口の中にベーコンの肉汁が広がる感じの仕上がりだ。肉食メンツも満足するであろう仕上がりだった。

口数は少ないもののお代わりを繰り返す二人を見て、悠利は良かったと笑みを浮かべる。口に合ったみたいだなぁという喜びだった。僕も食べよう、と何が入っているのか解らないたこ焼きに手を伸ばす。

たこ焼きは、箸で摘まんだ表面はカリッとしているのに、少し力を入れるとふにゃりと形が変わる程度に柔らかい。ころころまるまるとした愛らしい形状と、こんがりキツネ色の焼き色が何とも食欲をそそる。

ふーふーと息を吹きかけて冷ましてから囓れば、ぶわりと広がったのはたらこの旨味だった。ぷちぷちした魚卵の食感と、塩分を含んだ味が生地と溶け合う。柔らかな生地とたらこは混じり合うように絡んでいて、口の中でハーモニーを奏でる。

他にも色々具材があるので、何が入っているのかわくわくしながら食べる楽しみがある。また、お代わり分を自分達で作ったとして、焼きながら入れる具を調整するために他のくぼみに移動させると、どれがどれか解らなくなることもある。それもまた楽しみだ。

ちなみにたこ焼きを焼くときは、くぼみの場所によって焼き具合が変わるので、適宜移動させるのがポイントである。端っこよりも真ん中が火が強くなりがちなので、その辺りの配置はとても大事だ。焦げたら悲しいし、生焼けはもっと悲しい。

たこ焼き（中身はタコじゃないけど）の利点は、一つ一つが小ぶりなことだ。小さいからこそ、小食組でも違う味を幾つも楽しめる。沢山食べたければ、何度もお代わりすれば良いのだ。

そういう風に皆で調整出来るし、わいわいと騒ぎながら焼いて楽しむことも出来る。ちなみに悠利とアロールはのんびりと食べているが、ブルックは既にお代わり分を焼いている。具材は適当にアレコレ入れたらしい。健啖家（けんたんか）のお兄さんが代わりに焼いてくれるのでありがたかった。

これには一応理由があって、ブルックは一口で食べるが、悠利とアロールは二口か三口で食べている。また、口に入れたものを咀嚼（そしゃく）するまでの時間も違う。必然的に二人は食べている時間が長くなるので、いっぱい食べるブルックが焼き係を担当しているのだ。

他のテーブルでも、食べながらお代わり分を焼いている。焼くのに少し時間がかかるので、それぐらいのペースで良いのかもしれない。今度は自分達が焼いた分を食べられるということで、何を入れようかと楽しげだ。

「あたし発見した！　野菜も美味しい！」

「いきなりどうしたのよ」

「ブロッコリー入ってた！　食感楽しい！」

「良かったわね」

「うん！」

好き嫌いは特にないレレイなので、ブロッコリー入りも美味しく食べたらしい。満面の笑みだ。ブロッコリーはジャガイモ同様に塩茹でされているので、食べやすい。小さく切ってあるのでなおさらだ。

たこ焼きの生地のふわとろ感と、出汁と醤油の旨味がブロッコリーに絡む。それだけでなく、ブロッコリー側からも旨味が染みこんでいた。仄(ほの)かな野菜の旨味が生地に奥深さを足していて、確かな満足感がある。

イレイシアは運が良いことにエビが当たったのか、とても幸せそうに笑っている。エビの風味が生地に溶け込んでいるのだ。出汁や醤油の優しい味わいに、エビの豊かな風味が何とも言えない。それに加えて、ぷりっぷりの食感が素晴らしい。

悠利が用意したのはエビフライにするようなエビを一口サイズに切ったものなので、形状はエビっぽくない。しかし、タコだってそうやって入っているのだから、何も問題はないのだ。思いがけず海産物が食べられて、人魚族のお嬢さんは大満足なのである。

そんな中、マリアが小さく声を上げた。特に聞かせるつもりもない独り言だったのだが、同じテーブルなのでレレイ達の耳には届いた。

「あら、これハンバーグねぇ。肉の旨味が凄いわ」

「ハンバーグ⁉」

瞬間、バッとレレイが反応した。物凄く早い反応だった。脊髄反射みたいだ。そして彼女は、キラキラとした目でマリアを見つめる。どんな感じ？　どんな感じ？　ねぇ、美味しい？　みたいなオーラがダダ漏れである。とても素直な大食い娘だった。

ちなみにハンバーグ入りのものは、肉汁が贅沢にじゅわりと広がる何とも言えない素晴らしい仕上がりだった。ハンバーグは柔らかいので、生地と共に簡単に噛みきれる。口の中に充満する旨味を堪能出来るのだ。

「とっても美味しいわよぉ」

「マリアさん、ハンバーグ入りも！　ハンバーグ入りも焼いて！」

「焼いてるわぁ」

「やったー！」

きっとレレイが食べたがるだろうと思ったのか、マリアはお代わり分にハンバーグ入りを仕込んでいた。出来るお姉さんである。大喜びするレレイと微笑むマリアを眺めつつ、ヘルミーネはもしゃもしゃとチーズ入りのものを食べていた。

とろりと溶けるチーズを想像していたのだが、固形の食感も残っているのが何とも憎い。噛んだ瞬間の歯応えと、溶けたチーズの柔らかさが同時に味わえるなんて、とても贅沢だ。チーズの風味も生地とよく合っていた。

「チーズも美味しぃー」

「ヘルミーネさんのはチーズだったんですね」

「うん。イレイスは？」

「わたくしはエビでしたわ」

「良かったね」

「はい」

美少女と美少女が笑顔で話している姿、プライスレス。そこだけ背景がキラキラしていそうだが、見慣れたいつもの光景だ。

その穏やかな空気を、塗り替える一言がレレイの口からこぼれ落ちた。

「ねぇ、ハンバーグとチーズを一緒に入れたら最強じゃない？」

大真面目な顔で言うレレイ。確かにその組み合わせが美味しいのは皆も理解出来る。ハンバーグとチーズは相性バッチリだ。しかし、それを詰め込むのはどうだろうかと思うのだ。

ハンバーグもチーズも、たこ焼きの具材として使えるようにと一口サイズに切ってある。あくまで、一つ入れて十分な大きさである。つまりは、二つ入れるとはみ出る。

はぁと溜息（ためいき）をついて口を開いたのは、ヘルミーネだった。どうかな？　どうかな？　とわくわくしているレレイの額をつんっと人差し指で小突いてから、呆れたように告げる。

「ダメよ、レレイ。それ、お好み焼きのときと同じ失敗するから」

「へ？」

「崩れるって言ってるの」

「あ……」

以前お好み焼きを作ったときに、レレイは欲望のままにお肉たっぷりで作ろうとした。そうしたら、ひっくり返すときに失敗して、半分になってしまったのだ。まぁ、お好み焼きは崩れても焼けば食べられるので問題はないのだが。

たこ焼きの場合、不恰好(ぶかっこう)になるのは目に見えている。具材が生地からはみ出してしまえば、鉄板部分に触れて必要以上に火が通るだろう。ヘタをしたら焦げる。

それらを示唆されて、レレイはしゅんっと眉(まゆ)を下げた。ナイスアイデアだと思ったのだが、無理だと解ったからだ。残念そうである。

「レレイ、今日はこのまま楽しめば良いでしょう？　ほら、次の分が焼けてきたわ。ひっくり返すんでしょう？」

「あ、やりまーす！」

「……レレイ、焼くの楽しんでるわよね」

「丸になるのが楽しいのではないでしょうか？」

「まぁ、機嫌が直って良かったけど」

「そうですわね」

しょんぼりしていたのが一瞬でいつものテンションに戻って、千枚通しを片手に慣れた手付きでたこ焼きをひっくり返すレレイ。ふんふんと鼻歌を歌う姿は実に楽しそうだった。すぐに元気になるのは彼女の良いところです。

賑(にぎ)やかなのは彼女だけではなかった。別の場所からも、何やら騒々しい会話が聞こえる。

「マグ！　マグ、待て！」

「中身……！　中身入れよう！」

「そもそもキャベツすら入れてないだろうが、お前！」

騒いでいるのは見習い組の三人だった。色々と言われている相手はマグ。しかし、当のマグはどこ吹く風のいつも通りの顔だ。何が？　とでも言いたげである。

なお、三人が叫んでいるのは、マグが満足そうに生地だけを焼こうとしているからだ。キャベツも入れない、具材も入れない、ただの生地だけの、丸いボールみたいなものを作ろうとしている。何故そうなった。

大騒ぎをする三人を見て、マグは淡々と答えた。彼はいつだってそんな感じだ。我が道を生きている。

「出汁、美味」

「生地に出汁が入ってるからって、それだけで食べようとするんじゃねぇ！」

「美味」

「美味いのは認めるが、キャベツも具材も入れろ！」

今日も通訳は絶好調だった。ウルグスのおかげでマグが言ってることが解るー、とヤックとカミールは彼を拝んだ。そうでなければ、マグが何を言いたいのかが解らなくて大騒ぎだ。

とりあえず、マグの言いたいことは彼らにも解った。解ったが、それは認められないので、ヤックとカミールがせっせとキャベツと具材を追加することにした。不満そうなマグはウルグスが押さえている。

別に彼らだって、マグに嫌がらせをしたいわけではない。ただ、生地だけを食べるのは色々と栄養が足りないと解っているからだ。マグの場合、放っておいたらそればっかり食べるに決まっているのだから。

「マグー、出汁を堪能したいのは解ったけど、ちゃんと具材入れないとダメだよ。何でも食べなきゃ」

「……否」

「お前は一度許したら何も入れないのばっかり食べるだろ。野菜も食え」

「否」

「一度だけとか信じられるか」

不服そうにふて腐れるマグに対して、ウルグスは容赦がなかった。ヤックが宥めるように説得するが、話半分にしか聞いてくれない。それでも、ウルグスの腕力には敵わないので、不機嫌そうながら大人しくしている。

そんな三人を眺めつつ、カミールは先に焼いて冷ましていた分のたこ焼きをぽいっと口の中に入れる。具材はイカだった。独特の弾力がある食感が口の中で存在感を主張する。食べやすい大きさなので口の中で噛みきれないことはなかった。

タコに比べるとイカは忌避感を抱かれにくいのか、皆も普通に食べている。ただしそれは、調理された切り身のイカのイメージが強いからかもしれない。とりあえず、見た目がどうのより先にこれは美味しいものであるという認識になっているようだ。

「マグ、とりあえず次のが焼けるまでコレ食っとけよ」

「……?」

「ほら、余った生地を寄せ集めたのか、他より大きくなってるやつ」

「諾」

カミールがころりとマグの皿に載せたのは、言葉の通り少し大きなたこ焼き（中身は何か解らない）だった。端っこの方に残っていた生地を寄せ集めて具を詰め込んだのかもしれない。大きいと言っても、形は綺麗な丸なので上手に焼けている。

大きいと言うことは、それだけ生地の部分が多いということだ。マグは満足そうに頷くと、ご機嫌でそのちょっと大きなたこ焼きを頬張った。もごもごと頬をリスの頬袋みたいにしながら食べている。

中身は、ウインナーだった。皮のパリッとした食感と、中身のジューシーさの対比が良い。生地もふわふわで、他より多いので出汁の風味が堪能出来てマグもご満悦だ。機嫌は直っていた。

特に賑やかなのはレレイのところと見習い組のところだが、他も何だかんだでわいわい言いながら食事を楽しんでいる。やはり、作りながら食べると会話も弾むのだろうか。一応、よく食べる人と食の細い人でバランスが取れるように考えて席を決めてある。そのおかげか、取り合いなどは起こっていないようだ。

経験者であるクーレッシュやアリーは危なげなく焼いているし、そうでない面々も面白がってやっている。焼いている内に自然とくるりと丸になるのが面白いらしい。また、一口サイズなので自分で焼いて食べるというのを繰り返せるのも良いのかもしれない。

「ユーリ、焼けたぞ」

「わー、ありがとうございます、ブルックさん」

「気にするな」

「ちなみに中身は？」

「……解らなくなったな」

「あははは」

そういえばと言うように答えたブルックに、悠利(ゆうり)は楽しそうに笑った。じゃあ食べてみてのお楽しみですね、と告げる悠利はこの状況を面白がっている。まぁ、そもそも彼が発案者である。何が出るかな状態が楽しいと思っているのだ。

その隣でアロールは、熱々の出来たてをふーふーと息を吹きかけて冷ましながら食べている。彼女はまだ、好物のチーズに巡り会っていない。どのタイミングでチーズに出会えるのか、それもまた、今日の醍醐味(だいごみ)なのだろう。

いつもと違った感じで進む昼食は、皆の楽しげな声が響く素敵な時間になるのでした。ちなみに一番人気はベーコンでした。肉好きが多いのもご愛敬です。

特別編二　一手間加えて美味しい焼き肉

「お肉美味しいね、ユーリ！」

満面の笑みを浮かべて告げるレレイに、悠利はにこにこと笑った。お肉大好き肉食女子のレレイは、同時にお肉の違いも解る女であった。口の中でほろりと溶けるような柔らかなお肉に、ほっぺたが落ちそうなぐらいの喜びを味わっている。そして、それを悠利に素直に伝えてくれるのだ。

「いつもとちょっと変えてみたんだけど、美味しい？」

「美味しい！」

「良かった。レレイが美味しいって言うなら、美味しく出来てるんだね」

「……？」

何が？　と言いたげに首を傾げるレレイに、悠利は何でもないよと笑った。当人に自覚はないらしいが、レレイは本当に美味しいものにしか美味しいと言わない。何でも美味しく食べるけれど、だからこそ彼女の美味しいは信頼に値した。

勿論（もちろん）、味付けの好みなので個人差はある。あるのだが、レレイの味覚を悠利は割と信じていた。特にお肉に関しては。好きだからこそ解る違い、みたいなものがあるのだろう。多分。

テーブルの上にコンロを置いて、その上に載せた鉄板で楽しむ焼き肉。別に珍しくも何ともない、よくある光景だった。《真紅の山猫(スカーレット・リンクス)》は人数が多い上によく食べる人間が多いので、下拵え(したごしら)だけを済ませて後は各自で焼いて食べてもらう焼き肉スタイルは相性が良いのだ。欲しいものを欲しいだけ食べてもらう感じで。

これの良いところは、いっぱい食べる面々も、ちょっとしか食べない面々も、自分で調整出来るところだ。悠利が皆に言うのは「お肉も野菜もちゃんと食べてくださいね」というお約束だけ。それ以外は自由にして良いので、皆が自分の胃袋と相談して食べている。

しかも今日は、タレに漬け込んだ肉を焼くだけなので、更に簡単だった。各々が自分好みの味付けで食べるのも良いが、味の付いた肉を焼いて食べるのもまた美味である。ついでに、その肉を焼いた後の場所で野菜を焼けば、野菜にもタレの味が付く。

肉の味付けが濃いと感じたならば、用意されているレタスでくるりと巻いて食べれば良い。野菜も食べられて一石二鳥だ。

「ところで、いつもと変えてみたって何をだ？」

二人と同じテーブルで食事をしていたクーレッシュが、不思議そうに悠利に問いかけた。目の前の焼き肉は、特にいつもと違っているようには見えない。そんなクーレッシュに、悠利は口の中の肉を食べ終わってから答える。

「肉を漬けるタレにね、タマネギのすりおろしを入れてみたんだ」

「タマネギ？　何で？」

「そうするとお肉が柔らかくなるって教えてもらったから」

「誰に？」

「フレッドくんの知り合いの料理人さんだよ」

「……お前何やってんの？」

　思わず、本当に思わずクーレッシュはツッコミを入れた。フレッドの知り合いの料理人というのは、先日の宴で美味しい料理を振る舞ってくれた人のことである。フレッド襲撃犯を捕まえるのに尽力した悠利達へ感謝を込めて開かれた宴。その場で悠利は、美味しい料理を作ってくれた料理人さんに色々と話が聞きたいと願い、叶えられたのだ。

　いつでもどこでもマイペースな悠利に、クーレッシュは頭を抱えた。フレッドが仲介してくれたのだから問題はなかったのだろうが、相手はお貴族様に料理を作っているような人である。よくもまぁこんなぽやぽやの相手をしてくれたな、と思うクーレッシュだった。

　なお、家事の腕前は凄腕の家事妖精に認められるほどの悠利なので、普通に楽しくお喋りをしていただけである。お家ご飯とお貴族様ご飯は違うので、お互いのちょっとしたコツとか工夫とかを話して楽しんでいた。

　そのときに教わったのが、肉を漬け込むタレにタマネギのすりおろしを入れることだった。赤ワインも良いと言われたのだが、生憎と《真紅の山猫》には未成年がいるし、何より下戸のリヒトがいる。安全を考えてタマネギを選んだのだ。

　まぁとにかく、教わった方法で作ったタレは大成功だった。タマネギのおかげで肉が柔らかくなっているだけでなく、味もプラスされている。人数分を考えるとタマネギのすりおろしを作るのが大変だったが、その一手間は間違いなく皆を喜ばせていた。

実際今も、あちこちのテーブルで仲間達が美味しいお肉に舌鼓を打っている。タレ付きの肉は鉄板で焼いたときに匂いがぶわりと広がるので、それも食欲アップに一役買っているのだろう。醤油ベースに生姜やニンニク、タマネギのすりおろしを加えたタレは、その匂いだけで美味しいと思わせる。小食組もその匂いに誘われてか、野菜やご飯、パンと一緒ではあるものの、いつもより箸が進んでいた。

「んー、タレの味がしっかり付いた上に柔らかい肉、最高……！」

「しかもバイソン肉だから更に美味い」

「解る」

「美味」

喧嘩にならない程度に肉の取り合いをしながら食べているのは、見習い組の四人だった。そもそも食卓に上がる頻度の低いバイソン肉ということで、それだけで十分に彼らは満足なのである。だというのに、タマネギのすりおろし効果か柔らかくなった肉は口の中で簡単に噛み切れて、タレの旨味をぎゅぎゅっと吸い込んで旨味爆弾と化している。肉を食べてはご飯かパンを頬張る辺り、食欲旺盛な育ち盛りである。

今回の犯人捜しでは皆のブレーンみたいな立ち位置で良い感じに仕事をしたカミールだが、そのときに見せた察しの良さや聡明っぽい空気など微塵も感じさせずに肉を食べていた。黙っていたら貴族の子息っぽい顔立ちも、今はただのお肉に魅了された少年である。

他の面々も適材適所で活躍したのだが、やっぱり今は皆、お肉の美味しさに魅了されていた。美味しいものが大好きなのは彼らの共通点なのかもしれない。

「このお肉、タレでしっかり味が付いてるから、レタスと一緒に食べると美味しいわね」

「それに、レタスと一緒に食べると肉の脂がさっぱりするので、食べやすいですね」

「そうなのよねー。私達には助かるやつ」

「ですね」

うんうんと頷き合っているのはヘルミーネとロイリスだった。美味しいお肉は好きだが、小食組に分類される彼らはあんまり沢山食べられない。それに、お肉ばっかり食べるとしんどくなるのだ。そういう意味でも、レタスと一緒に食べて丁度良い味付けの肉というのは、最高だった。

レタスはシャキシャキの瑞々しさが魅力的だが、焼きたての肉を包むと熱された部分がふにゃりと柔らかくなって違う食感も楽しめる。タレの濃厚な味をレタスが中和してくれるので、後味もすっきりだ。ついついお代わりに手が伸びる。

「食べられるようなら食べてくれ。焼くのは僕がやるから」

「ありがとう、ラジ」

「ありがとうございます」

会話には加わっていないが、ここにはもう一人小食のイレイシアがいる。小食な三人と沢山食べるラジで、肉の消費バランスは取れていた。なお、ラジは虎獣人らしくよく食べるので、テーブル全体の食事量としては決して少なくはない。

強いて言うなら、穏やかに食事が出来る状態になっていると言うべきだろうか。どこぞのお肉争奪戦を繰り広げているテーブルに比べると、実に平和である。

「レレイ、お前は一度止まれ！　俺とユーリが食べるまで待て！」

「待ってるもん！　お皿に載せてから食べるまでに時間があるし！」

「それを差し引いても取り過ぎだ！」

「二人とも｜、喧嘩しないでー。後、レレイは野菜も食べて」

「食べてるよ？」

「……そうだね」

よく見たらレレイ側の野菜がごっそり減っていることに気付いて、悠利はあははと笑った。お肉だけでなく野菜もご飯もパンもしっかり食べるレレイ。これぞまさに大食いだなぁと思う悠利だった。

そんな感じに、今日も《真紅の山猫》の食卓は大変賑(にぎ)やかです。

あとがき

　初めましての方、お久しぶりの方、こんにちはの方、本書を手に取ってくださってありがとうございます。作者の港瀬（みなとせ）つかさです。

　気づけば十八巻までやってまいりました。十八巻。嘘（うそ）やろ……？　と毎度のごとく数字を見ては首を傾（かし）げている作者です。時間の流れが凄（すさ）まじいですね。いつの間にこんなところまで来たんだろうと、いつものように思ってしまいます。これもそれも皆様のおかげです。いつも本当にありがとうございます。

　さて今回は、冒頭にちょっと頑張る悠利（ゆうり）達のお話が入っております。大人組は見守り隊で、子供達がわちゃわちゃ頑張るというのもなかなかに楽しいなぁと思いました。まぁ、事件の内容はそんなのほほんとした感じではないんですけども。それでも結局わちゃっとした感じでほわほわ終わるのが、悠利クオリティなのかなぁと思います。あの子、運∞がどうのこうの以前の問題で、本人の性格であんな感じなんだろうなぁと思う作者です。

　そして、前半わちゃわちゃしたと思ったら、後半も別の意味でわちゃわちゃしてました。ダンジョンマスター達、とても楽しそうに生きてるな、と感じます。でも、彼らは例外枠にぶち込むべき性質のダンジョンマスターなので、他のダンジョンマスターはきっとその名にふさわしく殺伐としてたりするんでしょう。多分。そんな物騒な方々には出会いたくありませんが。

　美味しいご飯にわいわいするのは、悠利の周りの皆さんの共通点ですね。美味しいご飯は国境だけじゃなくて種族も超えるんだなぁとしみじみと思いました。そんな皆に囲まれているから、悠利も美味しいご飯を作ったり食べたりして楽しんでいるんだと思います。

　美味しいご飯というと、不二原理夏先生作画のコミカライズも、いつも美味しそうなご飯がいっぱいです。原作とはまた違った感じで美味しいものを食べてわちゃわちゃする悠利達を、どうぞよろしくお願いします。作者はファン一号として常に楽しんでおります！

　今回も素敵なイラストを描いてくださったシソさん、毎度毎度ご迷惑ばかりおかけしている担当さん、色々とお手数をかけているであろう関係者各位の皆様、本当にありがとうございます。おかげさまで、今回も無事にこうして一冊の本として世に出すことが出来ました。そのことを胸に刻みたいと思います。

　そしてまた、今回もお付き合いくださった読者の皆様。本当に、本当にありがとうございます。その優しさのおかげでこのあとがきを書けています。

　それでは、今回はこの辺で。次回も元気にお会いできますように！

お便りはこちらまで

〒102－8177
カドカワBOOKS編集部　気付
港瀬つかさ（様）宛
シソ（様）宛

カドカワBOOKS

最強の鑑定士って誰のこと？ 18
～満腹ごはんで異世界生活～

2023年５月10日　初版発行

著者／港瀬つかさ

発行者／山下直久

発行／株式会社KADOKAWA

〒102-8177
東京都千代田区富士見2-13-3
電話／0570-002-301（ナビダイヤル）

編集／カドカワBOOKS編集部

印刷所／暁印刷

製本所／本間製本

Printed in Japan
ISBN 978-4-04-074964-8 C0093

新文芸宣言

かつて「知」と「美」は特権階級の所有物でした。

15世紀、グーテンベルクが発明した活版印刷技術は、特権階級から「知」と「美」を解放し、ルネサンスや宗教改革を導きました。市民革命や産業革命も、大衆に「知」と「美」が広まらなければ起こりえませんでした。人間は、本を読むことにより、自由と平等を獲得していったのです。

21世紀、インターネット技術により、第二の「知」と「美」の解放が起こりました。一部の選ばれた才能を持つ者だけが文章や絵、映像を発表できる時代は終わり、誰もがネット上で自己表現を出来る時代がやってきました。

UGC（ユーザージェネレイテッドコンテンツ）の波は、今世界を席巻しています。UGCから生まれた小説は、一般大衆からの批評を取り込みながら内容を充実させて行きます。受け手と送り手の情報の交換によって、UGCは量的な評価を獲得し、爆発的にその数を増やしているのです。

こうしたUGCから生まれた小説群を、私たちは「新文芸」と名付けました。

新文芸は、インターネットによる新しい「知」と「美」の形です。

2015年10月10日
井上伸一郎

辺境でのんびり……出来ずに内政無双中！
はやく休ませて！

うみ ill あんべよしろう

転生し公爵として国を発展させた元日本人のヨシュア。しかし、クーデターを起こされ追放されてしまう。
絶望――ではなく嬉々として悠々自適の隠居生活のため辺境へ向かうも、彼を慕う領民が押し寄せてきて……!?

The exiled reincarnated duke wanted to take it easy on the frontier and work the fields.
追放された転生公爵は、辺境でのんびりと畑を耕したかった
～来るなというのに領民が沢山来るから内政無双をすることに～
コミックス
絶賛発売中!!
原作：うみ　漫画：佐藤夕子
キャラクター原案：あんべよしろう
「少年エースplus」にてコミカライズも連載中！
シリーズ好評発売中！